시나리오로 고전 읽기

공자와 소크라테스,
가볍게 읽으면 안 되나요?

시나리오로
고전 읽기

명로진 지음

북바이북

고전을 즐겁게 읽게 해줄 약간의 소금

수메르 신화를 보면 영원한 삶을 찾으려는 길가메시에게 포도주의 여신이 말합니다. "영생 따위는 잊고 매일 축제를 벌이라." 우리는 일생을 길가메시처럼 헛된 꿈을 찾아 헤매지요. 삶 자체가 축복인 줄 모르고 말이죠.

고전은 진리를 담고 있습니다. 하지만 진리는 쓰기에 달콤한 포도주를 곁들일 필요가 있지요. 고전의 문장은 음악과 춤이 있는 파티에서 읊조려야 합니다. 재미있게 읽고 설레게 되새기며 신나게 실천해야 합니다.

저는 항상 고전이 재미있다고 생각했습니다. 고전이 어렵다는 소리를 들으면 안타까웠지요. 약 15년 전, 한 방송국의 책 관련 프로그램을 맡아 진행한 이래로 어떻게 하면 고전의 묘미를 참신하게 전할 수 있을까 늘 고민해 왔습니다.

그 고민 끝에 고전을 시나리오 형식으로 풀어서 써 봤습니다. 이 책은 제가 가진 연기자이자 저자라는 성격의 교집합이자 고갱이입니다. 고전이라는 바다를 한입에 마실 수는 없으므로 약간의 염분을 섞어 음료

수 한 병 분량으로 엮었습니다. 무설탕 탄산음료 단맛은 미량의 나트륨
으로 낸다지요. 이 책의 염도가 고전을 즐겁게 읽기에 딱 좋은 양이길
바랍니다. 읽다가 불현듯 의미도 발견한다면 더 바랄 게 없고요.

2021년 겨울, 제주 도두항 앞바다를 바라보며

명로진

차례

1장

바이블이라
불린 책

세상에서 가장
아름다운 기부

불교의 정수, 『금강경』

불교의 경전은 방대하여 대장경이라 합니다. 스님이나 학자가 아니면 그 내용을 다 알기 어렵지요. 대중에게 가장 많이 알려진 불경 중 하나가 『금강경』입니다. 『금강경』은 『금강반야바라밀경』을 줄여 부르는 이름이고, '벼락 치듯 깨닫게 만드는 금강석과 같은 경전'이라는 의미를 가집니다.

석가모니 부처님이 제자에게 설파한 말씀이 입에서 입으로 전해지다 산스크리트어로 쓰였고 그것을 서역의 승려로 중국에 들어온 구마라습鳩摩羅什이 서기 402년경 번역을 마쳤습니다. 『금강경』은 한국 불교 최대 종파인 조계종에서 중요하게 여기는 경전인데, 조계종 시조인 중국 선종의 제6조 혜능 선사가 『금강경』의 한 대목을 듣고 출가했기 때문입니다.

『금강경』에 담긴 사상은 무엇일까요? 이 책의 첫 번째 이야기의 주요 등장인물은 석가모니, 수보리, 수달, 기타 태자입니다.

수보리는 부유한 집안에서 태어나 어려서는 성질이 사나웠으나 출가한 뒤 선행을 많이 한 제자로 불교의 근본 교리를 깊이 이해했다고 합니다. 수달은 코살라 왕국의 도읍지였던 사위성의 대부호로 부처님에게 첫 사찰을 지어 준 불교 최초의 기부자입니다.

기타 태자는 코살라 왕국 파사닉 왕의 태자로 사위성 남쪽에 멋진 동산을 소유하고 있었습니다. 그가 동산을 너무 아껴 끝까지 팔지 않으려는 의도로 "황금으로 동산을 다 덮으면 팔겠다"고 하니 수달이 황금을 구해 와 깔기 시작했다고 합니다. 이런 행위에 감명받은 기타 태자가 동산을 팔았고 수달은 그곳에 아름다운 기원정사를 지어 부처님에게 바쳤지요.

이어지는 글은 수달의 기원정사 건립 배경과 그곳에서 금강경을 설파하는 석가모니 부처님의 모습을 시간순으로 재구성한 글입니다. 읽는 이가 좀 더 생생하게 이 일화를 접할 수 있도록 대화 형식에 적절한 해설을 추가해 구성해 보았습니다.

저는 수달이라는 인물이 부처님의 설법에 감동해 불교 최초의 사원을 지어 바친 사실이 너무 아름답게 느껴졌습니다. 부디 독자 여러분도 그 아름다운 마음을 느끼시길 바랍니다.

등장인물

석가모니, 수보리, 수달, 기타 태자, 수행원들, 인부들, 승려들

청아한 새소리가 들려오는 마갈타 왕국의 남쪽, 기원정사에 기타 태자와 대부호 수달이 대화를 나누고 있습니다. 기원정사 가운데에는 연못이 있었다고 하며, 이 아름다운 사원은 부처님이 1000명이 넘는 제자와 함께 머물렀던 최초의 사찰입니다. 절이 세워진 숲의 주인은 석가모니가 아닌 코살라 왕국의 기타 태자였습니다. 어떻게 이곳이 기원정사의 터가 됐을까요? 두 사람이 어떤 대화를 나누는지 들어보며 알아보실까요.

수달 아, 여긴 정말 천국 같은 곳이구나. 이런 곳에 절을 지어 부처님이 머무신다면 얼마나 좋을까. 저곳에는 부처님 처소를 짓고, 연못 뒤에는 강당, 숲속에는 쉼터, 계곡에는 목욕탕, 그리고 저기엔 우물을 파고 멀찍이 측간을 지어야지. 하하, 생각만 해도 기쁘다.

태자 아니, 수달 님 아니십니까?

수달 아, 기타 태자님. 안녕하세요?

태자 여긴 어인 일이십니까?

수달 산책을 하다 이곳까지 이르게 됐습니다.

태자 그러셨군요.

수달	이곳은 정말 아름답군요.
태자	정말 멋지죠? 저도 자주 들르곤 한답니다.
수달	저는 이 숲을 꼭 사들이고 싶습니다.
태자	그건 왜요?
수달	석가모니 선생님이라고 들어보셨죠?
태자	그… 최근에 큰 깨달음을 얻으셨다는 분 말입니까?
수달	네. 바로 그분입니다. 여태 정해진 처소가 없어 이곳저곳 떠돌며 설법하고 계시거든요. 제가 그분을 위해 절을 하나 지어 드리려 합니다.
태자	이곳에 말입니까?
수달	네. 이렇게 아름다운 곳이야말로 부처님과 제자들이 머물기 딱 좋은 곳이지요.
태자	그건 안 될 말입니다.
수달	아니, 왜요?
태자	이 숲의 주인이 이곳을 너무 사랑해서 절대 팔지 않을 것이기 때문이죠.
수달	이 숲의 주인이 누군데요?

수달의 이런 천진한 질문에 태자는 희미한 미소를 지었습니다. 수행원들은 껄껄거리며 웃었지요.

태자   하하하, 바로 접니다.

수달   그래요?

태자   그렇지요.

수달   거 잘 됐네요. 이 숲을 저한테 파십시오.

태자   안 됩니다.

수달   값은 얼마든 쳐 드리겠습니다.

태자   제가 돈이 아쉬운 사람처럼 보입니까?

수달   제가 가진 코끼리 중 가장 멋진 놈을 드리겠습니다.

태자   저는 코끼리가 300마리나 있습니다.

수달   제가 가진 금강석을 모두 드리겠습니다.

태자   보석이라면 차고 넘칩니다.

수달   아름다운 여인을 바치겠습니다.

태자   아름답다고 한들 제 궁녀만 할까요?

수달   그럼, 최고급 수레 100대를 드릴까요?

태자   이 나라에서 제 수레보다 좋은 수레는 왕의 수레밖에 없습니다.

수달   아, 어떻게 하면 이 숲을 파시겠습니까?

태자   아무리 애를 써 보시오. 내가 이 숲을 팔까.

수달   하긴, 태자님께는 부족한 게 없으니….

태자   뭐… 이 숲 전체를 금으로 깐다면 모를까.

수달   약속하셨습니다. 저, 이 땅을 전부 금으로 깔겠습니다! 하하하.

다음 날, 날이 밝자 수달과 인부들이 손에 금덩어리를 가득 들고 와 땅에 깔았습니다. 이를 본 태자가 놀라 물었습니다.

태자   아니, 수달 님. 이게 어떻게 된 겁니까?

수달   태자께서 어제 말씀하시지 않았습니까? 이 숲을 전부 금으로 도배를 한다면 팔 수 있다고.

태자   그래서, 지금 정말 금을 깔고 있는 거라고요?

수달   네. 14K도 18K도 아닌 순금으로만 깔고 있습니다.

태자   아니… 수달 님이 부자라는 건 알고 있었습니다만 이 정도일 줄은….

수달   두고 보십시오. 세상의 모든 금을 깔아서라도 이곳에 부처님의 절을 지을 겁니다.

태자   수달 님. 어제 제 말은 농담이었습니다. 취소하겠습니다.

수달   그럼, 이 땅을 파시겠습니까?

태자   아니요.

수달   그럼요?

태자   수달 님을 보니 부처님이야말로 위대한 분인 것을 알겠습니다. 이 땅을 보시하겠습니다.

수달   아, 정말 감사합니다. 그럼 저는 이 금으로 멋진 절을 지어 바치겠습니다.

이런 과정을 거쳐 지어진 기원정사에서 석가모니가 전한 메시지는 무엇이었을까요? 석가모니와 그의 제자인 수보리 사이에 이어지는 대화를 통해 함께 짐작해 보면 좋겠습니다.

이제 부처님께서 이곳에서 설법하시던 때로 돌아가 보겠습니다. 부처님께서는 이곳에서 많은 제자와 함께 머무셨습니다. 설법이 끝나면 그는 옷을 단정히 하시고 빈 그릇을 들고 도시로 나가 사람들에게 음식을 얻어 드셨습니다. 식사를 하시고 돌아와서는 두 발을 씻고 자리에 앉아 등을 꼿꼿이 하셨습니다.

그때 많은 스님이 부처님께 나아가 존경의 표시로 발에 입맞춤하는 인사를 드리고 한쪽에 모여 앉았습니다.

마침 부처님의 제자지만 나이는 부처님보다 많은 수보리 존자가 부처님 곁에 앉아 계셨는데, 이어서 일어나 무릎을 꿇고 부처님께 합장하여 인사드렸습니다. 부처님께서는 수보리 존자에게 역시 합장하여 답하셨습니다. 수보리 존자가 물었습니다.

수보리   참 보기 좋습니다. 스승님은 그동안 저희를 잘 돌봐주시고 저희에게 많은 깨달음을 주셨습니다. 그런데 앞으로 저희는 어떤 마음으로 어떻게 수행해야 합니까?

석가모니   아, 정말 좋은 질문입니다. 그동안 저의 가르침이 여러분에게

도움이 되었다니 참 다행입니다. 잘 듣고 기억해 주세요. 앞으로 어떤 마음으로 어떻게 살아가야 하는지 알려드리죠.

수보리   잘 듣겠습니다.

승려들   마음을 모아 잘 듣겠습니다.

석가모니   수보리 존자님. 이 세상에서 깨달음을 얻어 보살이 되려는 사람은 이런 마음을 가져야 합니다.

"이 세상은 참으로 다양한 존재가 있다.

알에서 태어나는 것,

태반에서 태어나는 것,

물에서 태어나는 것,

스스로 생겨나는 것,

눈에 보이지 않는 것,

눈에 보이는 것,

생각하는 것, 생각 못 하는 것,

생각하는지 못하는지 알 수 없는 것,

거기에 더해 그 어떤 다른 존재가 있더라도

나는 그들을 모두 열반의 경지로 이끌리라.

그러나 앞에 말한 모든 것이 내 덕으로 열반에 들었다 해도

나는 그 어느 것도 열반에 들게 했다고 여기지 않으리라."

왜 이렇게 생각해야 하는지 아십니까? 만일 보살이 중생을 구제했다고 생각한다면 그는 진짜 보살이라고 할 수 없기 때

문입니다. 이건 또 무슨 말이냐고요? 수보리 존자님, 귀 기울여 들어 주세요.

상대가 어떠한 존재임을 떠나 그에게 뭔가를 조금이라도 베풀었다는 생각을 품는다면 그 순간 이미 진정으로 베풀었다고 할 수 없기 때문입니다. 아시겠습니까?

수보리   잘 알겠습니다, 세존이시여.

석가모니   수보리 존자님. 갠지스강에는 모래가 많지요?

수보리   많지요.

석가모니   우주가 갠지스강의 모래알만큼 많고 그걸 다 채울 수 있는 보석으로 보시를 한다 해도 오늘 드린 말씀 하나를 품고 전하는 것만 못합니다.

수보리   알겠습니다. 세존이시여.

석가모니   제가 뭔가를 가르쳐 드린 게 있습니까?

수보리   없습니다. 세존께서 가르쳐 주신 게 없습니다.

석가모니   배운 것은 있습니까?

수보리   없습니다. 배운 것도 없습니다.

석가모니   감사합니다.

수보리   세존이시여, 기분 안 나쁘십니까?

석가모니   기분 안 나쁩니다.

수보리   이리저리 흔들리는 기분이 없으니 좋을 것도 나쁠 것도 없으실까요?

석가모니   수보리 존자님이 제대로 배우셨습니다.

수보리   나무석가모니불.

· · ·

이 아름다운 이야기에 무슨 말을 더 하겠습니까?

제가 써서 아름답다는 게 아닙니다. 스승이 풍찬노숙하는 것이 안쓰러워 안식처를 지어 주려는 제자의 마음이 아름답습니다. 고해의 인생을 보고 지혜를 얻어 성불하라는 부처의 말씀이 아름답고, 선생의 가르침을 찰떡같이 알아듣고 행하려는 나한羅漢의 모습이 아름답습니다.

『금강경』의 심오한 의미를 이 짧은 글에 담아낼 수는 없습니다. 다만 글을 쓴 사람으로서 저는 어떤 성자의 금강석 같은 말씀 하나가 2500년이라는 세월을 뚫고 전해 왔다는 사실이 놀랍습니다.

석가모니 부처님이 제자에게 한 말씀을 그 제자들이 머릿속에 외우고 그 제자의 제자들에게 암송하여 전하기를 수백 년. 그 세월 이후에 구전된 내용이 비로소 글(산스크리트어)로 완성되었습니다. 그 글은 다시 몇백 년 동안 전해지다 다른 언어(한문)로 옮겨졌고요.

우리는 한문으로 처음 번역된 구마라습 선사의 『금강경』을 한글로 옮겨 놓은 것을 읽고 이해합니다. 수많은 단계와 기나긴 세월을 거치면서 부처님이 우리에게 전하려는 메시지는 무엇일까요? 인류를 깨달음으로 인도한 벼락같은 진리를 툭 던져 놓고는 "나는 가르친 게 없다"고 하니

이 또한 무슨 의미일까요?

지금 이 순간 조용히 생각해 보시길 바랍니다. 나무석가모니불.

황홀한
만남의 순간

신약 성서의 요체, 「마태복음」

마태, 마가, 누가, 요한복음은 신약성서의 맨 앞을 차지하고 있습니다. '복음'이란 '기쁜 소식'이란 뜻인데 예수 그리스도가 전하는 말씀이기도 합니다. 그가 전한 말씀을 한마디로 표현하자면 "하나님을 사랑하고 네 이웃을 사랑하라."였습니다.

이어지는 글은 예수님께서 그의 제자들을 처음 만나는 장면을 재구성한 것이며, 「마태복음」과 「마가복음」에 공동으로 나오는 에피소드이기도 합니다. 예수님은 베드로와 그의 동생 안드레, 세베대의 아들인 야고보와 요한을 갈릴리 호숫가에서 처음 만납니다. 성경을 보면 "나를 따르라."는 예수님의 말에 이 네 사람이 주저 없이 나섰다고 쓰여 있습니다. 저는 이 대목에 주목했습니다. 본업이 어부인 그들은 아버지와 친척들이 보는 앞에서 '그물을 던져두고' 예수님을 따라나섰습니다. 어부에게 그물은 생업의 필수품입니다. 이걸 던지고 간다는 건 속세를 버린다는 의미입니다.

말 한마디 한마디가 아름다웠던 구원자가 제자를 처음 만나는 순간, 타임머신을 타고 그때로 돌아가 봅시다.

등장인물

예수, 베드로, 안드레, 세베대, 야고보, 요한, 마르다

"예수께서 갈릴리 바닷가를 걸어가시다가, 두 형제, 곧 베드로라는 시몬과 그 동생 안드레가 그물을 던지고 있는 것을 보셨다. 그들은 어부였다. 예수께서 그들에게 '나를 따라오너라. 내가 너희를 사람을 낚는 어부로 삼겠다.' 하고 말씀하셨다. 그들은 곧 그물을 버리고 예수를 따라갔다."

사람들은 갈릴리 호수를 바다라고 불렀지만, 그저 넓어 보여서일 뿐 실은 민물 호수였습니다. 예수님은 베드로의 배를 탄 채, 물에 있는 제자 네 사람에게 말씀하셨습니다. 호숫가 땅은 언덕이 져 있어 자연스레 훌륭한 객석 역할을 했죠.

예수   마음이 가난한 사람은 복이 있나니 하늘나라는 그런 자들을
       위해 있습니다. 슬퍼하는 사람은 복이 있나니 그런 사람은
       위로받을 것입니다. 옳은 일을 하느라 굶주리고 목마른 사람
       은 복이 있나니 그런 사람은 배부르게 될 것입니다.

예수님의 말씀은 너무도 아름답고 신기했습니다. 그 어디에서도 들어
보지 못한 이야기였지요. 그는 부자가 되는 법에 대해 이야기하지 않았
습니다. 유명해지는 법이나 권세를 얻는 법에 대해서도 이야기하지 않
았지요. 누군가 어떻게 생계를 꾸려 가야 할지 근심하자 예수님은 이
렇게 말씀하셨죠.

예수   무엇을 먹고 마시며 살아갈까, 또 어떤 옷을 입어야 하나 걱
       정하지 마십시오. 목숨이 음식과 옷보다 소중하지 않습니
       까? 하늘을 나는 새들을 보십시오. 양식을 곳간에 모아놓지
       않아도 하늘에 계신 아버지께서 먹여주십니다. 우리가 새보
       다 더 귀하지 않습니까?

예수님께서 말씀하시던 와중에, 예수님을 만날 생각에 옷을 고르다 모
임에 늦은 마르다가 황급히 자리에 앉았습니다. 예수님은 그녀를 보며
웃으셨지요.

예수   마르다, 들에 피는 꽃을 보아라. 수고도 하지 않고 길쌈도 하
            지 않지만, 온갖 영화를 누린 솔로몬도 이 꽃 한 송이만큼 화
            려하게 차려입지 못했다.

어쩌면 그렇게 멋진 말만 하시는지…. 예수님은 말씀을 마치시고는 타
고 있던 배에서 내리며 물으셨습니다.

예수   이 배는 누구 것인가요?

베드로   제 겁니다.

예수   그렇군요. 고기는 많이 잡았소?

베드로   오늘은 별로 재미를 못 봤습니다.

예수   지금 바로 깊은 데로 가서 그물을 던지시오.

안드레   여태 고기 한 마리 못 잡았는데 또….

베드로   선생님께서 그리 말씀하시니 다시 나가 보겠습니다.

내심 못 미더운 눈을 뜬 채로 베드로는 배를 타고 천천히 시야에서 멀어
졌습니다. 잠시 후, 그가 배 위에서 소리쳤습니다.

베드로   만선이요, 만선! 선생님 말씀대로 하니 이렇게 고기가 많이
           잡혔습니다. 하하하!

예수   고기를 많이 잡으니 행복합니까?

베드로	그럼요. 어부가 고기 많이 잡는 것 말고 더 기쁜 일이 어디 있겠습니까?
예수	이제부터 내 제자가 되어 나를 따르시오. 내가 당신을 사람 낚는 어부가 되게 하겠소.

갑작스러운 예수님의 말에 베드로는 그 자리에 얼어붙었습니다.

예수	계속 거기 있을 건가?
베드로	믿고 따르겠습니다. 갑니다!
안드레	저는요?
예수	자네도 오게. 자네들도 내 제자가 되겠는가?
요한, 야고보	그럼요.
세베대	잠깐! 이보시오, 예수 선생. 아들을 다 데려가면 나는 어쩌란 말이오?
예수	너무 걱정 마십시오.
세베대	요즘 사람이 없어서 난리인데 걱정 말라니? 고기도 잡아야 하고, 그물도 손질해야 하고, 공판장에 내다 팔아야 하고….
예수	이 두 사람은 그보다 훨씬 더 중요한 일을 하게 될 겁니다.
세베대	이보다 훨씬 더 중요한 일이 도대체 뭡니까?
예수	진리를 찾는 일이지요.
세베대	진리가 뭔데요? 그거 찾으면 빵이 나옵니까, 돈이 나옵니까?

예수	아버님은 두 아들이 어떤 사람이 되길 원하십니까?
세베대	갈릴리 최고의 어부가 되길 원하오.
예수	세상은 넓습니다. 만약 아드님의 이름이 유대와 사마리아를 넘어 세상에 널리 알려진다면 어떻겠습니까?
세베대	그야… 가문의 영광이 되기는 하겠지요.
예수	두로와 시돈의 가장 부유한 자보다 더 빛나고 살아서뿐 아니라 죽어서까지 역사에 남는다면 어떻겠습니까?
세베대	그럴 일이 있겠습니까?
예수	1000년이 넘도록 야고보와 요한의 이름이 전해질 것입니다.
세베대	어이쿠, 그렇다면 안 보낼 수 없지요. 얘들아, 이 돈으로 가다 선생님하고 뭣 좀 사 먹어라.

세상에서 가장 극적이고 황홀한 만남의 순간입니다. 예수님의 한 마디에 길을 나선 제자들, 예수님만큼 멋지지 않나요? 만약 이들이 이것저것 따졌다면 제자가 되지 못했을 겁니다.

그물은 어부에게 가장 중요한 생활 방편입니다. 아버지는 가장 가까운 가족이지요. 예수님을 따라나선다는 것은 내 삶에서 가장 중요한 수단과 가까운 가족을 버려야하는 일이었습니다. 버려야 얻고, 죽어야 사는 이치를 예수님과 제자들은 보여 주었습니다. 만약 고기 몇 마리 더 잡고, 집 평수를 조금이라도 더 넓히는 일에 골몰했다면 그들의 이름이 지금까지 전해지지 못했을 겁니다.

살다 보면 때로 눈앞의 이익을 포기해야 할 때가 올 겁니다. 작은 이익에 눈이 멀어 미래의 큰 영광을 그르칠 필요는 없겠지요. 진리를 위한 길을 떠나기 전에는, 주저하지 않고 모든 것을 버릴 줄 알아야 합니다. 예수님의 제자들이 그물을 내던졌듯이 말입니다.

여러분의 그물은 무엇입니까?

성경 속의 글로 만나는 예수님은 매력적입니다. 텍스트로 읽을 뿐인데도 심금을 울립니다. 저의 부족한 언설로는 충분히 표현할 수 없습니다만, 복음은 그런 것이었습니다. 타인의 기준에 나를 맞추지 말 것. 세상의 잣대에 흔들리지 말 것. 믿음을 찾을 것. 그동안 바리새인과 율법학자의 고상하지만 위선적인 말만 들었던 히브리 민중들에게 예수의 설교는 그야말로 '기쁜 소식'이었습니다.

만약 여러분이 예수를 눈앞에서 만났다면 어떨까요? 생각만 해도 가슴 떨리는 일입니다. 열두 제자가 예수를 따랐지만 그들뿐 아니라 수백 수천 명의 사람이 예수를 추종하며 그의 말을 가슴 깊이 새겼습니다. 예수는 마음의 상처와 몸의 병을 동시에 고치는 의사이기도 했습니다. 어린이에게 친절하고 아픈 사람을 내치지 않았습니다. 이런 사람을 좇지 않을 수 있을까요?

이 글을 쓰는 도중, 밀린 카드 대출금을 급히 송금했습니다. 유학 간

아들에게 생활비를 보냈습니다. 자질구레한 생활의 일정을 조절했습니다. 아, 이 모든 것이 저에게는 그물입니다. 언젠가는 이 그물을 한꺼번에 집어 던지고 구도자를 따라나서고 싶습니다. 여러분의 그물은 무엇인가요? 그 그물을 버릴 수 있나요?

홍수 신화의
원조?

수메르 신화, 『길가메시 서사시』

구약 성서 「창세기」에는 노아가 방주를 만드는 이야기가 있습니다. 오비디우스의 『변신 이야기』에도 똑같은 이야기가 있습니다. 이 책에서는 데우칼리온이란 인물이 방주를 만드는 자로 묘사되어 있지요. 그런데 그리스 신화나 히브리인의 『창세기』가 기록되기 약 1500년 전에 기록된 수메르 신화에서도 대홍수 이야기의 원형을 찾아볼 수 있습니다. 바로 『길가메시 서사시』입니다.

길가메시는 기원전 2800년 무렵, 메소포타미아의 도시국가 우루크를 다스렸던 왕입니다. 역사와 신화의 경계에 서 있는 인물이지요. 1817년 왕조의 필경사가 점토판에 새긴 「수메르 왕명록」에 제5대 왕으로 기록되어 있으면서 동시에 신화로 전해진 영웅입니다.

『길가메시 서사시』에 따르면, 창조주 에아는 신들의 결정에 의해 인간을 멸하기로 하고 우트나피쉬팀에게 "방주를 만들어 일가친척과 동·식물을 배에 실으라."고 명합니다. 우트나피쉬팀이 방주를 만들고 나니 인간을 포함한 동·식물 모두가 감당할 수 없을 정도의 무시무시한 폭풍우가 쏟아져 지상의 모든 것을 쓸어 버립니다. 7일 밤낮으로 지속되던 홍수가 끝나자 우트나피쉬팀은 니무쉬 산에 내려 제물을 바치고 방주에 태웠던 모든 동물을 놓아줍니다.

신들은 대홍수에서 살아남은 우트나피쉬팀과 그의 아내를 데려가 신과 같이 영생을 누리게 만들어 줍니다. 당시 수메르의 도시 우루크를 다스리던 왕인 길가메시는 권력과 부를 한 손에 쥐고 있었지만, 그것으로 만족하지 못하고 있었지요. 인간 아버지와 반신半神 어머니 사이에서 태어나 필멸의 운명을 지닌 그는 숱한 모험 끝에 우트나피쉬팀을 만나 영생을 갈구합니다. 그러나 우트나피쉬팀은 "영생은 신만의 것"이라고 선언하지요.

- - -

등장인물

길가메시, 우트나피쉬팀

"집을 부수고 배를 만들어라! 재산을 포기하고 생명을 찾아라! 소유물을 내버리고 생명을 유지하라! 살아 있는 모든 생명은 배에 태우고, 네가 만들어야 할 배는 그 치수를 각각 똑같이 해야 한다.”

산천초목을 떨게 한 대홍수가 지나간 뒤, 우루크의 왕 길가메시는 자신이 그토록 바라는 영생을 얻기 위해 우트나피쉬팀을 찾아 고행길을 떠났습니다. 긴 고난 끝에 결국 길가메시는 우트나피쉬팀을 만나게 되었죠.

길가메시 우트나피쉬팀 님, 저는 당신을 찾아 헤매었습니다.

우트나피쉬팀 무엇 때문에 나를 찾았는가?

길가메시 알고 싶어서입니다.

우트나피쉬팀 무엇을?

길가메시 어떻게 영생을 얻게 되었는지를 말입니다.

우트나피쉬팀 그대도 그렇게 되고 싶은 거겠지?

길가메시 그렇습니다.

우트나피쉬팀 어리석은 인간이여. 그대가 방황하는 이유를 알겠노라. 먹고 마시고 즐겨라. 여인과 사랑을 나누고 아이를 낳아라. 춤추고 노래하라. 매 순간을 즐겨라. 길가메시, 그대는 신께서 왜 인간을 창조했는지 아는가?

길가메시 신처럼 되라고 만들었겠지요. 진리를 찾아 영원한 생명을 얻으라고.

우트나피쉬팀 아니다. 신들은 일하기 싫어 인간을 창조했다. 인간에게 노동을 대신하게 하고 저들은 즐기기 위해서 말이지. 인간 덕분에 일에서 해방된 그들은 매일 파티를 열어 넥타를 마시고 암브로시아를 음미한다. 그러므로 오늘 하루를 축제로 만든다면 그대는 신이 되는 것이다.

길가메시 저는 그런 세속적인 즐거움에 만족할 수 없습니다. 영생을! 진리를! 지혜를 주십시오.

우트나피쉬팀 길가메시! 신은 인간에게 필멸의 생을 주었고 자신은 불멸의 삶을 취했다. 이 운명을 바꿀 수는 없다.

길가메시 그렇다면 우트나피쉬팀 님이여, 당신은 어떻게 하여 영생의 삶을 얻었습니까?

우트나피쉬팀 나는, 선택받은 피조물이었다. 에아 님께서는 내 시대 인간의 타락상을 보고는 분노해 세상을 멸하기로 마음먹으셨지. 그는 '땅 위에 유일한 의로운 자'로 나를 명하고는 이렇게 말씀하셨다.

"나는 곧 홍수로 온 땅을 뒤덮을 것이다. 그러니 너는 방주를 만들어 생명을 보존하라. 새와 물고기와 들짐승 들 중 정결한 것으로 골라 암수 한 쌍씩 그 방주에 태워라. 시간이 없다."

거역할 수 없는 명령이었다. 나는 가족과 친구들에게 에아 님의 말씀을 전했다. 그러나 사람들은 내 말을 믿지 않았다. 오직 선하고 믿음이 있는 자만이 내 말을 따랐다. 젊은이들은 돌을, 아이들은 역청을 들고 왔다. 가족과 짐승을 모두 배에 싣고 나서 입구를 봉하자 폭풍우가 시작되었다. 세상의 모든 집이 떠내려갔다. 빛이 사라지고 땅은 어둠으로 덮였다. 지상의 모든 인간은 절멸하였다.

길가메시 아, 신은 어찌 그리도 잔인한가요.

우트나피쉬팀 신은 인간을 생각하지 않는다. 오직 자신에게 이익이 될 때만 인간에게 자비를 베푼다. 그들이 우리를 자기 발톱의 때만큼이라도 생각하는 줄 아느냐? 아서라, 우리가 빌고 또 빌어봐야 그들은 동전을 던져줄 뿐이다. 다만 그 한 닢이 그들에게는 하찮은 것임에도 인간에게는 엄청난 것이어서 감읍할 뿐이지. 그들의 터럭 하나로 우리가 죽고 살 정도니까.

길가메시 우트나피쉬팀 님, 그렇다면 홍수는 얼마나 오래갔습니까?

우트나피쉬팀 7일 밤낮으로 계속되었지. 일주일째 되는 날에 나는 비둘기를 날려 보냈고, 얼마 지나지 않아 무사히 돌아왔어. 이어서 제비도 한 마리 날려 보았다. 운 좋게도 그 녀석 또한 돌아왔지. 마지막으로 까마귀 한 마리를 날려 보내자 돌아오지 않았네. 나는 까마귀가 돌아오지 않은 이유가 근처에 물이 잠기지 않은 육지가 있기 때문이라고 생각했네. 그길로 니무시산 꼭대기에 도착했고 그곳에서 술을 따르고 에아 님께 제사를 지냈네.

길가메시 흥미롭군요. 그렇다면 의로운 이여, 감히 그대가 신이 된 이야기를 들려주길 청합니다.

우트나피쉬팀 산에서 제사를 지내자 신 중의 신 엔릴이 내려와 나와 아
내의 손을 잡고 이렇게 축복했네.

"오직 한 사람, 의로운 우트나피쉬팀아. 그대가 우리를 닮았
고 우리의 비밀을 알았으니 이제 멀리 있는 곳의 강에 살지
어다."

멀리 있는 곳의 강에 살 수 있는 존재는 오직 신뿐이지. 그리
하여 나와 아내는 불멸의 삶을 얻었다네.

길가메시 그럼 저도 방주를 만들어야 합니까?

우트나피쉬팀 아, 어리석은 인간이여. 방주가 먼저가 아니고 믿음이 먼
저인 것을. 홍수가 먼저가 아니고 의로움이 먼저인 것을 모
르는가? 그대는 이미 수메르의 왕, 드넓은 영토와 수만의 군
대, 수천의 노예, 수백의 후궁이 있음에도 모자란단 말인가?

길가메시 우트나피쉬팀이여. 저는 이제 그 모든 것에 관심이 없습니
다. 저도 멀리 있는 곳의 강에 살고 싶습니다.

우트나피쉬팀 필멸이야말로 신이 인간을 부러워하는 단 하나의 이유일
수도 있다네.

길가메시 설마, 그럴 리가 있겠습니까.

우트나피쉬팀 돌아가서 그대 주변 사람들을 잘 돌보게나.

길가메시 좋은 생각이 떠올랐습니다.

우트나피쉬팀 무슨?

길가메시   나의 도시 바벨에 큰 탑을 세우겠습니다. 내가 사라져도 내 업적이 사라지지 않도록. 신께서 내게 영생을 허락하지 않는다면 나는 영원히 남는 것으로 스스로를 기리겠습니다.

우트나피쉬팀   아아, 인간을 홍수로 쓸어버린 에아 님의 심정을 이제야 알겠구나. 신이시여….

길가메시   그래, 결심했어. 내가 왜 이 생각을 못 했을까! 어서 가서 탑을 세워야겠다. 신들의 정원에 닿을 만큼 높이높이. 으하하하.

1852년, 오스만제국의 고고학자 호르무즈 라삼은 고대 니네베 도서관에서 아시리아 점토판 약 2만 4000개를 발굴합니다. 대략 기원전 3000~1500년 사이에 수메르어로 쓰인 점토판에는 당시의 풍습, 학교생활, 왕의 연대기, 신화 등이 기록되어 있었습니다. 이 기록물을 연구하던 대영박물관 소속 조지 스미스는 1872년, 런던 성서 고고학회에서 충격적인 발표를 합니다. "아시리아 점토판에 성경에 있는 대홍수와 유사한 내용이 있다."는 것이었습니다. 당시의 수상 글래드스턴을 비롯한 영국의 지식인들은 깜짝 놀랐습니다. 대홍수가 일어나고, 의인을 점지해 방주를 만드는 이야기는 기독교의 성서에만 있는 줄로 알았기 때문입니다.

설형문자 전문가였던 조지 스미스의 발표 이후 수십 년에 걸쳐 수메르어로 쓰인 판본 점토판이 추가로 발견되었고, 대홍수 설화를 비롯한

『길가메시 서사시』의 연구가 활발히 이루어졌습니다. 『청소년을 위한 길가메쉬 서사시』(휴머니스트, 2006)를 쓴 김산해는 "수메르어로 시작된 메소포타미아의 종교적·신화적 전승은 악카드어를 비롯한 후대의 셈어로 옮겨졌고, 약 2500년 전까지 국제 공용어로 위력을 떨쳤던 악카드어 저작물들은 히브리 신화와 그리스 신화에 결정적인 영향을 끼쳤다."고 말합니다.

　문화는 주고받는 것이지요. 교류 없는 문화는 없습니다. 기독교의 성서가 어느 날 하늘에서 뚝 떨어졌다고 믿는 것은 어리석은 일입니다. 기독교의 성서 이야기도, 그리스 신화와 길가메시 서사시도 서로 다른 사회가 교류하면서 탄생한 결과지요. 다른 한편, 대홍수와 코로나19의 공통점이 보이기도 합니다. 고대의 대홍수 같은 자연재해부터 21세기의 코로나19 바이러스까지, 인류는 큰 재난 앞에서 미약한 존재일 뿐입니다. 이런 사실을 잊지 않고 살아가라는 것이 신화의 숨은 뜻 아닐까요.

귀를 쫑긋
세우는 리더

동양 역사의 바이블, 『서경』

『서경』은 사서삼경의 하나입니다. 『논어』, 『맹자』, 『대학』, 『중용』이 사서, 『시경』, 『서경』, 『주역』이 삼경이지 않습니까? 『서경』은 요순시대부터 주周나라에 이르는 중국 고대 왕과 신하 들의 대화를 담은 역사서입니다. 사마천의 『사기』가 그렇듯 『서경』 역시 역사서이지만 탁월한 문학이기도 합니다. 저자의 문학적 상상력이 동원된 사서이기 때문이지요.

이번 이야기는 『서경』의 많은 이야기 중 상商나라 제22대 군주로 재위한 무정과 그의 재상 부열의 에피소드를 다루고 있습니다. 『서경』에는 상나라의 부흥 군주 무정이 재상을 구하기 위해 조금은 상식적이지 않은 방법을 동원한 이야기가 나옵니다. 부열이라는 사람이 무정이 불러온 재상이었는데요, 그가 노비 출신이라는 사실도 일반적이지 않는 점이지요.

저는 무정과 부열의 고사를 읽으면서 과연 고사가 사실일까 의문이 들었습니다. 무정이 부열을 초빙하기 전에 그를 알고 있었다는 역사적 기록은 없습니다. 이어지는 이야기는 무정이 어린 시절 상왕의 지시로 빈민가 아이들과 어울렸고 그때 부열을 알게 되었으며 이후 꾸준히 교류 하다가 결정적인 시기에 구실을 만들어 그를 불러들였다고 구성했습니다. 대체 어떤 명분을 만들어 노비 출신의 인물을 재상으로 만들었을까 요? 힌트를 드리자면 마크 트웨인의 『왕자와 거지』입니다.

자 그럼, 저와 함께 고대 중국으로 떠나보실까요?

* * *

등장인물

무정, 소년 무정, 부열, 소년 부열, 왕비, 소공(무정의 부친이자 상나라 제21대 군주), 환관, 신하 1·2, 그 외 신하들, 소년들, 감독관

"…꿈에 상제가 나에게 훌륭하게 보필할 사람을 보내 주셨다. 그가 나를 대신해 말할 것이다." 이에 꿈에서 본 그의 형상을 살펴 그린 뒤 천하에 명해 두루 찾게 했다. 당시 부열은 부암의 들에서 흙일을 하고 있었다. 고종(무정의 시호)이 곧바로 그를 재상으로 삼은 뒤 자신의 곁에 있게 했다.

신하1	전하, 금일로써 국정에 손을 떼신 지 1년이 되셨사옵니다. 통 촉하여 주시옵소서.
무정	나는 덕이 부족하오.
신하2	덕이 부족하면 덕이 많은 사람을 부리면 됩니다.
무정	경들은 지금 우리 상나라의 가장 큰 문제가 뭐라고 생각하 오?
신하1	큰 문제가 없는 줄로 아뢰오.
무정	(방백) 이자가 날 속이는도다. 위수에 홍수가 나서 많은 백성 이 죽었다는 소식을 모르는 줄 아는가….

그로부터 1년 뒤….

신하1	전하, 금일로써 국정에 손을 떼신 지 2년이 되셨사옵니다. 통 촉하여 주시옵소서.
무정	우리 상나라에 제일 큰 문제가 무엇이라 생각하오?
신하1	전하가 즉위하신 이래로 쭉 태평성대이옵니다.
무정	(방백) 여전히 짐을 속이는군. 기수에 가뭄이 들어 굶주리는 백성이 많다는데….

신하들이 모두 퇴청한 뒤, 처소로 돌아온 무정은 고민에 휩싸인 채 한숨 만 내뱉고 있었습니다.

왕비	전하, 무슨 근심이라도 있으십니까.
무정	그대가 알 바 아니오.
왕비	전하, 요임금은 아랫사람에게 묻기를 부끄러워하지 않았고 순임금은 두 왕비 아황과 여영을 귀히 여겼다 하옵니다.
무정	아, 내 생각이 짧았소. 미안하오.
왕비	아녀자의 지혜도 쓸 데가 있사오니 말씀해 보소서.
무정	내 주변에 현명한 신하가 없소.
왕비	현명한 신하를 천거하는 것이 재상의 일이거늘, 지금의 재상이 제 할 일을 하지 않고 있네요.
무정	그게 걱정이오.
왕비	전하께서 염두에 두고 있는 분은 없으십니까?
무정	한 사람이 있소.
왕비	그럼 왜 그분을 재상에 임명하지 않으십니까?
무정	그는 지금 노비의 신분이오. 만약 하루아침에 그를 재상에 임명한다면 관료들의 반발이 있을까 염려되오.
왕비	그렇군요. 그런데 전하께서는 어찌 미천한 신분의 그를 알게 되셨는지요?
무정	이런 일이 있었소. 과인이 소년이었을 때였지요···.

...

소공	이 아비의 뜻을 알겠느냐?
소년 무정	예, 아바마마.
소공	너는 어려서부터 궁에서 자라 세상의 신산함을 모른다. 군주가 되어 한 나라를 다스린다는 것은 위로는 왕족, 아래로는 미물까지 다 돌봐야 하는 것. 너도 어느 정도 성장했으니 지금부터 저잣거리로 나가 시장과 도살장, 부역장을 돌아라. 천민과 서민의 삶이 얼마나 고된지 몸소 느껴보도록 하여라.
소년 무정	예, 아바마마. 분부 받들도록 하겠습니다.

그렇게 왕족의 신분을 숨긴 채 거친 세상으로 내뱉어진 무정은 자신이 왕자였던 사실도 한동안 잊을 정도로 고된 삶을 살아가게 되었습니다. 여러 일터를 가리지 않고 전전하던 어느날, 무정은 성곽을 보수하는 부역에 끌려갔습니다.

감독관	이놈! 너는 왜 일을 안 하고 게으름을 피우느냐.
소년 부열	잠깐만요.

감독관의 채찍을 피한 한 소년은 무질서하게 돌을 나르던 사람들을 일렬로 세웠습니다. 소년은 돌 더미에서 가장 가까운 사람에게 돌을 하나씩 집어 뒤로 전달하게 했죠. 그렇게 돌은 차근차근 뒤로 전달되었고 대열의 마지막에 서 있는 무정의 옆에 돌이 쌓이기 시작하자, 소년은 그

옆으로 수레를 가져다 놓았습니다. 소년의 의도를 파악한 무정은 쌓이는 돌을 수레에 싣기 시작했죠. 얼마 뒤 돌로 가득 찬 수레를 끌며 소년이 감독관에게 말했습니다.

소년 부열 　보세요. 일을 훨씬 쉽게 할 수 있어요.

감독관 　　그 녀석. 천민 주제에 머리 하나는 비상하군. 네놈 이름이 무엇이냐?

소년 부열 　열, 부열이라고 합니다. 하하.

잠시 찾아온 휴식 시간, 무정은 총명한 소년의 곁으로 다가갔습니다. 이어서 여러 인부가 부열을 칭찬하며 주위로 몰려들었습니다. 열은 우물물을 퍼서 나눠 주었고, 사람들은 시원한 물을 마시며 잠시나마 숨을 돌리고 있었습니다. 그때, 인부 중에서 가장 어린 꼬마 하나가 쓰러졌습니다. 부열은 서둘러 꼬마를 그늘진 거적 위에 눕히고 물을 주었습니다. 이를 본 감독관이 채찍을 들고 와서 소년을 일으켜 세우려 하자 열이 말했습니다.

소년 부열 　우리가 일을 더 많이 하면 되잖아요. 이 아이는 쉬게 놔두세요. 열이 높아요.

감독관 　　쌓인 돌이 이리 많은데, 무슨 수로 일을 더 많이 한단 말이냐? 고사리손 하나가 아쉬운 와중에….

소년 부열 잠시만요. 여러분! 다들 여기로 모여주세요. 지금부터 제가
노래를 하나 가르쳐 드릴게요. 다 같이 따라 불러요!
"돌멩이 하나 우리 애기 머리통
돌멩이 둘 우리 동생 수박통
돌멩이 셋 우리 누나 참외통
돌멩이 넷 우리 형아 주먹통
다 나르고 나면 우리 집에 간단다."

고개를 갸우뚱하던 인부들은 어느새 신나게 따라 부르기 시작했습니
다. 모두 같이 노래를 하며 일렬로 돌을 나르니 작업 속도는 몰라보게
빨라졌습니다. 신나게 노래 부르는 사람들을 보며 감독관은 당황한 채
꽉 쥔 채찍을 내려놓았지요.

소년 부열 여러분, 보셨죠? 우리가 힘을 합쳐서 일하면 뭐든 해낼 수 있
어요!
소년 무정 넌 어떻게 그런 걸 다 알았니?
소년 부열 뭐든 마음의 눈으로 보면 보인단다. 그리고… 머리를 쓰면
되는 거야. 하하하.

부열과 함께한 부역에서 큰 깨달음을 얻은 무정은 어느덧 성인이 되었
고, 소공은 여러 경험을 하며 장성한 아들을 남몰래 다시 궁으로 불러들

여 태자로 삼았습니다. 시간이 흘러, 철없는 아이였던 무정은 상나라의 왕으로 즉위하게 되었습니다. 다시 무정이 왕비와 대화를 나누던 때로 돌아가 볼까요?

...

무정   그렇게 지혜로운 친구는 없었소.

왕비   그럼, 지금 그가 어디 있는지 아십니까?

무정   여전히 그는 노비 신분으로 현재는 태항산 인근에서 성곽을 보수하는 부역에 동원되어 있소.

왕비   근래 그를 만나 보셨나요?

무정   직접 만나진 못하지만 그와는 1년에 서너 차례 서신을 주고 받고 있지요. 그가 보내오는 서찰에는 과인은 물론 나라에 대한 충성스러운 간언이 늘 실려 있다오. 짐이 구중궁궐에 앉아 위수에 큰물이 나고, 기수에 가뭄이 드는 것을 아는 것도 다 그 서신 덕분이오.

왕비   그럼 어서 그자를 모셔 오심이 옳지 않겠습니까?

무정   아까도 말했듯, 노비 신분의 그를 관직에 부르기가 여의치 않다오.

왕비   전하, 제게 좋은 수가 있습니다.

왕비에게 떠오른 좋은 수는 과연 무엇이었을까요? 이어지는 이야기를 통해 알아보도록 하죠.

무정   경들은 들으시오. 짐이 어제 꿈을 꾸었소. 꿈에서 상제가 나를 보필할 훌륭한 인재를 내리겠다고 말씀하시더군. 꿈에서 본 인재의 모습을 화공에게 그리게 하였소. 여러분은 전국에 수소문해 상제가 내린 인재를 찾도록 하시오.

무정은 환관에게 초상화를 펼쳐 신하들에게 보여 주도록 하였습니다. 국정에 관심조차 없던 왕의 파격 행보에 당황한 신하들은 난색을 표하였으나, 확고한 무정의 태도에 꼬리를 내릴 수밖에 없었지요. 더군다나 상제께서 인재를 점지했다는 명분은 도무지 반대할 수 없었겠지요. 왕비의 간언이 빛을 발하는 순간이었습니다.

무정의 명을 받은 신하들은 수소문 끝에 태항산 인근의 작업장에서 초상화 속 인물과 빼닮은 한 인부를 찾아 데려올 수 있었어요. 이미 무정이 몰래 서신을 보내둔 터라, 부열은 당황하지 않고 안내를 따라 입궐해 무정을 알현하게 되었습니다.

무정   그대는 짐을 도와 덕을 쌓게 해 주시오. 짐이 쇠라면 그대는 숫돌이 되고 짐이 큰물을 건너고자 할 때 그대는 배의 노가 되어 주오. 가뭄이 들 때 그대는 단비가 되고 그대의 마음을 열어 짐의 마음을 빛나게 해 주시오. 약이 쓰지 않으면 병이 낫지 않는 법. 그대는 내게 독한 약이 되어 주시오. 변치 않는 충심으로 짐을 보좌해 주길 바라오.

부열   삼가 분부 받들겠습니다.

무정   자, 말씀해 보시오. 앞으로 짐이 어떻게 국정을 운영하면 될지.

부열   훌륭한 군주는 하늘의 도를 따릅니다. 지나친 향락에 빠지지 마시고 법을 바로 세워 관리들이 받들게 하십시오. 입에서 수치스러운 일이 생기니 말씀을 삼가십시오. 벼슬을 내릴 때는 신분의 천하고 고귀함을 따지지 마시고 오직 능력에 따라 내리십시오. 오서(고대 중국에서 공公·후侯·백伯·자子·남男 의 작위를 내릴 때 천자가 하사하는 홀笏)는 부덕한 사람이 아닌 현명한 사람에게 주십시오.

무정   그대의 말이 옳고 또 옳도다.

부열   군주는 많이 들어야 하며 옛 교훈을 스승 삼아야 합니다. 가르치는 것은 배우는 것의 절반이니 늘 배우는 일에 힘쓰도록 하십시오. 소신은 널리 훌륭한 현자들을 초빙하여 벼슬에 맞는 일을 맡기도록 하겠습니다.

무정   훌륭하도다. 그대 말대로 하겠소. 모두 왕명을 받드시오! 지금부터 저자의 노비 신분을 멸하고 귀족 작위를 내림과 동시에 재상으로 임명하겠소. 자, 이제 새로운 재상을 맞이하는 연회를 시작하라!

신하들   예, 폐하!

. . .

"내가 쇠라면 그대는 숫돌이 되고 내가 큰물을 건너고자 할 때 그대는 배의 노가 되어 주오." 이 대목은 『서경』에 나오는 원문을 번역한 것입니다. 왕이 신하에게 협조를 요청하면서 하는 말치고는 상당히 손발 오그라드는 대화지요. 상나라의 왕 무정은 신하를 상대로 이런 화법을 꽤 구사했다고 합니다. 마치 연인에게 하는 말 같지요?

그런데 리더가 조직원을 그렇게 아끼고 존중해주지 않으면 그 조직이 잘 굴러갈까요? 연인처럼 여기며 이끌어주려는 마음이 있어야 하지 않겠습니까? '가족 같은 회사'는 21세기에 적합하지 않고 과도한 애정을 표현하는 리더를 MZ 세대는 좋아하지 않겠지만 리더라면 조직원에 대해 최소한의 관심은 지녀야 한다고 봅니다.

고전을 읽으면서 느끼는 것은 인간의 감정이나 사회의 기본 구조는 크게 변하지 않았다는 겁니다. 지역과 출신에 대한 차별, 타고난 계급에 대한 맹신, 기득권자들의 억압 등은 인류가 문명화된 이래로 늘 존재했지요. 세상이 변했다고 하지만 큰 틀에서는 그다지 많이 바뀐 것 같지 않습니다.

부열은 무정을 도와 상나라를 잘 이끌었습니다. 훌륭한 군주 밑에 훌륭한 신하가 있는 법이지요. 무정은 부열을 신하로 여기지 않고 스승으로 대우했습니다. 부열이 간언하면 무정은 그 말을 따랐습니다. 무정은 늘 부열에게 지혜와 가르침을 구했습니다. 아랫사람의 조언도 소중히 여길 줄 아는 리더였기에 한 나라를 잘 이끌었던 것 아니겠습니까?

리더란 '듣는 사람'입니다. 세심히 듣고 의견을 수집하고 종합해서 결정하는 자리입니다. 명령하기보다 많이 듣는 리더가 절실한 때입니다.

2장

유럽의
현실과 꿈

소크라테스의
최후

친구와 보낸 마지막, 『크리톤』

    기원전 399년, 소크라테스는 사형선고를 받고 30일 뒤에 독배를 마셨습니다. 그리스 신화를 보면 당시 아테네는 크레타와의 전쟁에서 지고 나서 크레타에 미노타우로스의 제물이 될 소년, 소녀 일곱 쌍을 9년에 한 번씩 보내야 했습니다. 이러한 인신 공양이 지속되던 어느 날, 반인반수 식인 괴물 미노타우로스를 무찌르고 무의미한 희생을 막겠다며 제물에 자원한 테세우스를 포함한 젊은이들을 보내면서 아테네인들은 "이번에 저들이 살아 돌아오면 델로스에 매년 봉헌하겠다"고 다짐했습니다.

    여기까지가 신화인데 신화를 기반으로 관습이 생겨났습니다. 델로스의 아폴로 신전에 봉헌할 사절단이 떠났다 돌아오는 기간에는 사형 집행을 금지한 것이지요. 소크라테스는 델로스행 배가 떠나던 날 사형선고를 받았습니다. 배가 돌아오는 대로 그는 사형 집행을 당해야 했죠. 그러던 어느 날, 소크라테스의 친구인 크리톤은 배가 돌아왔다는 소식을 듣게 됩니다.

소크라테스와 알로페케라는 마을에서 어린 시절부터 함께 자라 사이가 각별한 크리톤은 그 소식을 접하자마자 새벽처럼 길을 나서 감옥으로 향합니다. 그는 어떻게든 소크라테스를 살리고 싶었습니다. 크리톤은 소크라테스가 아테네 청년들을 타락시킨다는 혐의로 기소된 것도, 재판에 회부된 것도, 시민들로 구성된 배심원단이 친구에게 사형선고를 내린 것도 모두 잘못되었다고 생각했습니다. 때문에 크리톤은 사형 집행을 앞둔 친구를 탈옥시킬 계획을 짭니다.

계획을 실행하기에 앞서 크리톤은 북쪽의 테살리아 지방에 은신처를 마련하고 소크라테스를 돌볼 사람을 섭외해 놓습니다. 간수 또한 뇌물로 섭외하여 이 모든 상황을 눈감아 줄 수 있도록 하였지요. 이제 절친한 친구에게 탈옥을 권유하는 일만 남았습니다. 과연, 소크라테스는 친구의 말을 듣고 탈옥에 성공할 수 있을까요? 함께 이 이야기 속으로 빠져 봅시다.

등장인물

크리톤, 소크라테스, 간수

달빛이 비치는 어둠 속, 크리톤이 간수에게 약속한 뇌물을 전달하고 있습니다. 묵직한 금덩이를 받은 간수는 싱글벙글 미소 지으며 길을 터 주는군요. 크리톤은 뒤를 한 번 돌아보고는 간수를 지나쳐 소크라테스가 갇혀 있는 방으로 향했습니다.

크리톤   저 친구 좀 보게. 나는 내 친구가 사형을 앞두고 혹여 잠을 못 이루고 있는 건 아닌가 하고 걱정했는데, 기우였군. 이런 상황에서 코까지 골며 자다니….

황당하다는 듯 소크라테스를 내려다보던 크리톤은 그의 몸을 흔들기 시작했습니다.

소크라테스   아니, 크리톤. 자네는 방금 왔나, 아니면 온 지 한참 됐나?

크리톤   자네는 '대답하는 사람'이 편하게 질문하는구먼. 둘 중 하나만 고르면 되는가? 온 지 꽤 되었네.

소크라테스   그런데 왜 바로 날 깨우지 않았나?

크리톤　　자네가 얼마나 달게 자고 있는지… 보면서 한동안 놀라워하고 있었다네. 그래서 자네가 가능한 한 즐겁게 시간을 보내도록 일부러 깨우지 않았던 거네.

　　　　평생 자네를 지켜본 결과, 자네는 어떤 상황 속에서도 행복할 수밖에 없는 사람이라고 생각하네. 과연 죽음을 앞두고도 이렇게 차분하고 여유 있게 시간을 보낼 사람이 몇이나 되겠나?

소크라테스　　그런가?

크리톤　　자네의 제자 알키비아데스가 이런 말을 한 적 있지. "소크라테스 선생님은 아무리 배가 고파도 티를 내지 않고, 아무리 추워도 춥다 하지 않는 사람이다. 고통받는 일이 있어도 감정을 잘 드러내지 않았지만 연회가 있으면 누구보다 즐거워했고, 배급으로 나오는 빵 한 덩어리를 세상에서 가장 맛있는 요리를 먹듯 했다. 또 술을 많이 마시지만 가장 늦게 취하고 밤새워 놀아도 다음 날 평소와 똑같은 일과를 소화하는 분이다."라고 말이지.

소크라테스　　허허, 알키비아데스가 언제 저런 말을 했지? 사람 민망하게 말이야. 참, 일전에 열린 내 재판에서 사형을 막기 위해 벌금을 대신 지불하겠다고 했던 건 참으로 고마웠네. 아무리 함께 자란 고향 친구라도 그 많은 돈을 선뜻 제시하기는 쉽지 않은 일이지….

크리톤   자네를 위해서는 얼마든 쓸 수 있네.

소크라테스   (발목을 문지르며) 배가 들어왔나?

크리톤   배가 들어오면 자네는 더는 목숨을 부지할 수 없네. 아마 곧 도착할 걸세.

소크라테스   그러겠지….

크리톤   (낮은 목소리로) 이보게 소크라레스, 나는 자네를 탈옥시킬 계획이네.

소크라테스   쓸데없는 소리.

크리톤   이미 안내인과 경호원을 고용했으니 걱정하지 말게나. 경호원은 리암니스누스라고 아주 유능한 친구라네. 예전에 그의 딸이 바다 건너 납치된 적이 있는데, 그가 납치한 일당을 모두 저승에 보내버리고 아이를 구해 왔지.

소크라테스   대단한 경호원이군.

크리톤   간수에게도 손을 써 놨네.

소크라테스   시간 낭비일세.

크리톤   얘기를 좀 들어보게. 자네를 여기서 죽게 하는 거야말로 아테네로서는 낭비야. 나는 자네를 테살리아로 몰래 빼돌릴 생각이네. 여기서 300km나 가야 하니 식량과 돈이 필요할 걸세. 아테네보다는 여러 가지로 지내기 불편하겠지만 감옥보다는 낫겠지. 그곳에 미리 거처를 마련해 놨네. 또 자네를 돌봐 줄 사람도 대기시켜 놨다네.

소크라테스 유배라도 보내는 것 같군. 나 때문에 자네가 그렇게 고생할 필요는 없지. 게다가 내가 탈옥한다면 날 도와준 것이 명백한 자네에게 불이익이 있을 거야.

크리톤 자네로 인해 그 어떠한 위해를 받는다 해도 나는 감수하겠네.

소크라테스 엉뚱한 데 시간과 돈을 쓰지 말게.

크리톤 돈 문제는 걱정 말게. 내가 아니더라도 자네를 위해 돈을 내놓을 사람이 얼마든지 있다네.

소크라테스 테살리아에 어촌이 있을까?

크리톤 어촌은 왜?

소크라테스 물고기 사전이나 편찬할까 하고. 아니, 철학 사전이 낫겠군.

크리톤 농담 말게. 난 지금 진지하네.

소크라테스 과연 우리가 탈옥을 꼭 실행해야 할지 말아야 할지 고찰해 보세.

크리톤 아이고, 소크라테스! 정말 이러긴가? 산파술로 유명한 자네의 질문은 이미 많이 들어 봤네. 지금은 철학 문답을 할 때가 아니야.

소크라테스 됐고, 일단 내 말을 좀 들어보게나. 가장 좋은 것으로 생각되는 원칙을 이야기해 보세. 자네는 정의를 믿지?

크리톤 그럼.

소크라테스 아테네가 정의로운 나라라고 믿었기에 지금껏 세금도 성실히 납부했지?

크리톤   그렇지.

소크라테스   아레네 사람들 덕분에 돈도 많이 벌었고?

크리톤   물론.

소크라테스   자네는 부자이니 만약 도둑이 들어 자네 창고에서 귀중품을 훔쳐 간다면 나라에서 잡아 주길 바라지?

크리톤   당연하지. 내가 낸 세금으로 치안이 유지되는데.

소크라테스   그럼, 나라가 잘해 줄 땐 의지하고 나라가 맘에 안 들면 도망가는 게 정의로운가?

크리톤   지금은 나라가 정의롭지 못하지 않나?

소크라테스   정의롭지 못한 시기의 나라라 해도 그 나라가 정한 법률은 지키는 것이 맞네. 만약 법률이 사람이라면 이렇게 말할 것이야.

"내 덕에 당신은 교육을 받았고 공동식사를 했소. 당신의 아이들도 내 덕에 양육되었고 좋은 선생님 밑에서 배울 수 있었소. 이 모든 것이 내 호의로 이루어진 것이오. 내가 좋은 것을 베풀 때는 나를 따르고, 내가 당신을 투옥하거나 전쟁터에 나가라고 명하면, 당신은 거부할 수 있단 말이오?"

만약 시민이 나라가 주는 것은 잘 받으면서, 나라를 위해 지켜야 할 것은 임의대로 한다면 그 어떤 나라도 유지되지 않을 걸세. 나는 내가 옳다고 생각하는 바에 따라 법률이 주는 그 어떤 것도 받아들일 생각이네.

크리톤   이런, 낭패로군.

소크라테스   신께서 이렇게 인도하시니 그대로 따르세.

크리톤   자네가 그렇게 말한다 해도 난 최후의 순간까지 플랜 B를 준
          비해 두겠네. 마음이 바뀌면 언제든 말하게.

소크라테스   철학자에게는 플랜 B라는 게 없다네. 삶을 한 번 살지, 두
          번 사는가?

크리톤   자네의 뜻이 정녕 그렇다면 받아들이지. 혹시 다른 부탁은
          없는가?

소크라테스   내가 죽으면 아스클레피오스에게 닭 한 마리를 바쳐 주게.

크리톤   의학의 신전에 말이지? 그건 병에서 나았을 때 하는 거 아닌가?

소크라테스   이승에서 진 모든 번뇌가 가장 큰 병 아니겠나?

크리톤   아아, 소크라테스. 자네를 어찌 당하겠나?

소크라테스   너무 슬퍼하지 말게. 조금 빠르거나 늦을 뿐 모두 한곳으
          로 가는 것이 인생 아닌가. 우리 곧 만나세.

· · ·

『크리톤』 원전에는 오직 소크라테스와 크리톤만 등장합니다. 이 고전
은 플라톤이 썼지요. 크리톤에게 소크라테스를 방문했던 이야기를 듣
고 옮긴 것입니다. 플라톤은 탁월한 희곡 작가이기도 해서 친구 사이의
무미건조한 대사를 훌륭한 한 편의 연극으로 꾸며 놓았습니다. 그 덕에

서양 철학의 핵심은 그들의 '대화' 속에 잘 녹아 들어가 있습니다.

소크라테스는 대화로 진리를 추구했던 성인聖人입니다. 그의 대화는 단순한 잡담이 아닙니다. 인간은 사회적 존재이기에 언어로 사유하고 판단합니다. 소크라테스는 언어를 극한까지 밀고 나가서 그 끝에서 '가장 좋은 것'이 무엇인지를 파악하려 애썼습니다.

사형을 눈앞에 두고 탈옥을 권유하러 온 친구에게 간단히 "난 반댈세."라고 말할 수 있을 겁니다. "호의는 고맙지만, 더 말하고 싶지 않다."라는 말과 함께 내칠 수도 있었겠지요. 하지만 소크라테스는 친구를 앞에 두고 하나하나 꼼꼼히 따져 봅니다. 그리고 다음과 같은 결론에 이릅니다.

"부당한 일을 당하더라도 보복으로 정의롭지 못한 일을 해서는 안 되며 다수가 합의한 사안이 있다면 우리는 그것을 이행해야 한다."

참 단순하지요? 범인과 성인의 차이는 이런 겁니다. 보통 사람은 이런 단순한 원칙을 듣고도 그냥 넘기지만, 성인은 실천한다는 거지요. 크리톤은 소크라테스에게 탈옥할 것을 권유하지만 결국 철학자 친구의 설득에 넘어가고 맙니다.

"더 할 말 없는가?"라고 묻는 소크라테스의 질문에 크리톤은 "나는 할 말 없네."라고 답합니다. 철학자의 마지막 말은 "신께서 이렇게 인도하시니, 그렇게 하세나."입니다. 신께서 정한 것을 인간이 바꿀 수 있겠습니까?

고대 철학자들이 주는
삶의 처방전

『소크라테스 이전 철학자들의 단편 선집』

소크라테스 이전에도 철학자가 있었을까요? 당연히 있었습니다. 독일 학자 헤르만 딜스가 1903년에 처음 출판했으며 이후 발터 크란츠가 보완하여 1974년에 발간한 『소크라테스 이전 철학자들의 단편 선집Die Fragmente der Vorsokratiker』이란 책이 있습니다. 이 책은 고대 문헌에 흩어 있던 100명 이상의 그리스 철학자들이 한 말을 모아 놓았습니다.

서양 문헌학의 고전이라 불리며 초기 그리스 철학의 표준 텍스트로 인정받고 있는 이 저서를 대우재단과 한국학술협의회, 아카넷 출판사가 공동으로 힘을 모아 『소크라테스 이전 철학자들의 단편 선집』이란 이름으로 번역해 내놓았습니다.

철학의 아버지라 불리는 탈레스, 수數를 만물의 근원으로 본 피타고라스, 만물은 변화한다고 주장했던 헤라클레이토스 등 현재는 터키에 속하는 지역이나, 옛 그리스의 고대 도시 중 하나였던 밀레토스를 중심으로 한 철학자들의 활발한 사유와 토론이 고대 그리스 철학의 든든한 밑거름이 되었기에 소크라테스와 플라톤, 아리스토텔레스라는 걸출한 서양 철학의 거인들이 등장할 수 있었습니다.

이어지는 이야기는 플라톤과 아리스토텔레스가 앞선 철학자들에 대해 이야기를 나눈다는 가상의 설정으로 꾸며 봤습니다. 함께 고대 그리스의 학당으로 떠나보실까요?

등장인물

플라톤, 아리스토텔레스

아리스토텔레스　죄송합니다, 선생님. 오늘도 지각입니다.

플라톤　괜찮아. 어차피 난 자네가 오기 전에는 수업 시작 안 하니까.

아리스토텔레스　감사하긴 하지만 너무 그러시면 친구들이 싫어합니다.

플라톤　그런가? 자네가 나와 가장 말이 잘 통하니 그럴 수밖에 없지. 아무튼, 수업 시작하겠네.

아리스토텔레스　선생님, 수업 시작 전에 질문 하나 해도 될까요?

플라톤　얼마든지.

아리스토텔레스　선생님의 선생님, 그러니까 소크라테스 선생님 이전에도 철학자가 있었습니까?

플라톤　좋은 질문이야. 물론 소크라테스 선생님 이전에도 철학자가 있었다네.

아리스토텔레스　예를 들어 주십시오.

플라톤　얼마 전에 보증을 잘못 섰다가 망한 자네 친구 있지?

아리스토텔레스　아, 아니토스 말씀이군요.

플라톤　맞아. 그 옛날 소크라테스 선생을 제소했던 아니토스의 조카 말이야.

아리스토텔레스　친척이 빌린 사채에 대해 보증을 섰다 낭패를 보았죠.

플라톤　그 친구가 밀레토스 출신 탈레스가 한 말을 알고 있었다면 좋았을걸.

아리스토텔레스　뭐라고 했나요?

플라톤　"보증, 그 곁에 재앙."

아리스토텔레스　대박! 정말 유용한 말이네요. 진작 알았으면 아니토스는 보증을 서지 않았을 겁니다. 저도 유념할게요.

플라톤　탈레스 선생에 대해선 다음과 같은 일화가 전해온다네. 철학을 한다는 그에게 이웃들이 "철학을 한다고 돈이 생기나, 빵이 생기나." 하며 우습게 여겼지. 그러나 탈레스 선생은 천문학 연구를 통해 그해 올리브 농사가 풍작이 되리라는 걸 제일 먼저 알아차렸지. 그해 겨울, 그는 돈을 모아서 밀레토스와 근방에 있는 올리브 짜는 기계를 죄다 빌려 놓았다네. 당시엔 아무도 관심이 없었기 때문에 싼값에 기계들을 확보할 수 있었지. 그렇게 시간이 흘러 올리브 수확 철이 다가왔지. 역시 풍작이었어. 그런데 기름 짜는 기계를 찾아보니 온통 탈레스가 임대해 놓은 상태 아니겠나? 사람들은 하는 수 없이 비싼 값에 기계를 빌려 쓰게 되었고 탈레스 선생은 앉은 자리에서 큰돈을 벌었지. 그때 그가 말했어. "하하, 보셨습니까? 철학자는 돈을 벌 줄 몰라서 안 버는 게 아닙니다. 돈 버는 게 철학의 관심사가 아니기 때문입니다. 마음만 먹으면 철학으로도 충분히 먹고살 수 있지요."

아리스토텔레스   아, 그렇군요. 그래서 선생님이나 저나 이렇게 가난하군요.

플라톤   허허, 마케도니아 왕자의 사부인 자네가 가난하다면 어불성설 아닌가?

아리스토텔레스   책 사느라 봉급을 다 써서 늘 간당간당하답니다. 참, 제 친척 중 한 사람은 늘 부인과 티격태격하곤 해요. 결혼 초에는 남편이 화를 내고 부인이 그 화를 감당하는 모양새였지만 결혼한 지 20년이 넘은 지금, 두 사람은 체면이고 뭐고 고성을 지르며 싸우죠. 그에게 해 주실 조언은 없나요?

플라톤   그리스 7현인 중 한 명인 린도스의 클레오불로스가 한 말을 들려주고 싶네. "다른 사람의 면전에서 아내와 싸우지도 말고 지나친 애정 표시도 하지 말라. 전자는 어리석음을, 후자는 광기를 내보이는 것일 수 있을 테니까."

플라톤 클레오불로스는 또 이런 말도 했다네. "같은 신분의 사람과 결혼할 것. 더 나은 신분의 사람과 결혼하면 주인을 얻는 것이지 가족을 얻는 것은 아닐 테니까."

아리스토텔레스 오호, 이건 아직 싱글인 제가 유념해야겠네요. 몇 년 전, 제 부친이 돌아가셨을 때 늑장 부리며 발인 직전에 왔던 친구가 있어요. 예전에 그 친구의 모친상 소식이 전해졌을 때, 전 열 일을 제치고 찾아가 밤을 새웠지요. 부친상을 당해 마음이 한없이 예민해 있던 저는 그에게 무척 서운했습니다.

플라톤 그렇다면 스파르타 사람 킬론의 인생 처세술을 알려주게나. "친구들에게 좋은 일이 있을 때는 천천히 찾아가고 불행에 빠졌을 때는 빨리 찾아가라."

아리스토텔레스 맞는 말씀입니다. 참, 소크라테스 선생님을 좋아하던 케팔로스 노인은 굉장한 부자였죠?

플라톤 그랬지. 소크라테스 선생 주변에는 부자 추종자가 많았어. 하지만 선생은 부자라고 해서 더 좋아하지도 않았고 가난하다고 해서 더 싫어하지도 않으셨네. 차별 없이 대하시고 가르침을 베풀었지. 이를 보고 프리에네 사람 비아스가 이렇게 말했어. "그럴 만한 가치가 없는 사람을 부유하다고 해서 칭찬하지 말라."

아리스토텔레스   정말 좋은 말씀입니다. 제 친구 중 한 사람은 활을 잘 쏘고 싶어 합니다. 그런데 말만 그렇게 하면서 정작 활을 들고 있는 모습은 잘 보지 못했어요. 그에게 어떤 말을 해 주시겠습니까?

플라톤   코린토스 사람 페리안드로스의 말을 들려주고 싶군. "연습이 모든 것이다."

아리스토텔레스   아, 진리네요. 저도 레슬링을 잘하고 싶은데 열심히 연습해야겠습니다.

플라톤   우리 학당 정문에 새겨진 문구가 뭔가?

아리스토텔레스   "기하학을 모르는 자, 이곳에 들어오지 말라." 아닙니까?

플라톤   내가 왜 그런 문구를 새겨 넣었는지 아나?

아리스토텔레스   기하학이란 것이 원리와 질서로 이루어져 있고 자연 역시 그렇기에 기하학을 모르고서는 철학을 할 수 없기 때문 아닙니까?

플라톤   역시! 에구에구 내 제자야. 자네 덕에 내가 살맛이 난다니까.

아리스토텔레스   감사합니다, 스승님.

플라톤   자네, 피타고라스의 정리에 대해 아는가?

아리스토텔레스   직각삼각형에서 직각을 낀 두 변의 길이를 각각 a, b라 하고, 빗변의 길이를 c라 하면 $a^2+b^2=c^2$이 성립한다. 이거죠?

플라톤   맞아. 피타고라스 선생은 최초로 '철학'이란 말을 썼지. 그는 300여 명의 제자와 공동체 생활을 했다네.

아리스토텔레스 공동체 생활이라, 쉽지 않았겠네요.

플라톤 피타고라스 공동체는 다음과 같은 규칙을 지키며 살았어. 첫째, 재산을 함께 사용할 것. 둘째, 하루에 세 마디 이상 말을 하지 말 것. 셋째, 육식을 금할 것.

아리스토텔레스 하루에 세 마디 이상 말을 하지 말라니…. 묵언 수행을 실천했던 모양입니다. 그런데 선생님, 인간의 본성은 착합니까, 악합니까? 본성이 악한 존재라면 저런 규칙을 지키며 살아가기 힘들어 보입니다만.

플라톤 피타고라스 선생은 이렇게 말했지. "가장 참된 명제는 무엇인가? '인간은 사악하다'는 것이다."

아리스토텔레스 오, 그런 말도 했어요?

플라톤 철학자들이 의외로 거침없는 말을 많이 했어. 헤라클레이토스의 다음 말도 가슴에 새겨 둘만 하지. "인간에게는 성품ethos이 곧 수호신daimon이다." '수호신'은 개인의 운명을 뜻하기도 하지. 그러니까 "네 성질이 네 운명이다."라고 말하면 딱 맞겠군. 좋은 성격을 가진 사람은 운명도 잘 풀리는 법. 좋은 사람을 만나게 되고 좋은 일이 생기지. 그런데 성질이 나쁘면 똑같이 나쁜 인간을 만나게 돼요. 그러다 보니 좋은 일이 있기 어렵고 늘 나쁜 일만 생기지. 이상하게 주변에 성질 나쁜 사람만 있다면 자신을 돌아보고 하루빨리 성격을 고쳐야 해.

아리스토텔레스 맞는 말입니다. 그래서 제 주변에는 좋은 분들이 많아요. 하하하.

플라톤 헤라클레이토스는 에페소스의 귀족 출신으로 경제적으로 여유가 있었고 영향력도 있었지만, 오만했지. 자기는 모든 것을 알고 있지만 다른 사람들은 어리석다고 여겼어.

아리스토텔레스 그럼 왕따 각인데….

플라톤 그렇게 어리석은 사람들을 피해 산속에서 자연인으로 살던 그는 어느 날 종기가 나 도시로 내려왔다네. 의사를 찾아간 그는 '종기를 고쳐달라'는 말 대신 폭우를 끝내고 가뭄을 만들어달라고 했어.

아리스토텔레스 폭풍우는 종기, 가뭄은 정상적인 피부를 상징하는 것 같습니다.

플라톤 의사가 자네만큼 상상력이 풍부했다면 좋았을 것을. 의사는 헛소리 말라며 헤라클레이토스를 쫓아냈지. 화가 난 그는 의사를 실컷 욕해주고 나서 자신만의 처방전을 연구했어. 그러더니 쇠똥을 온몸에 바르고 낫기를 기다렸다네. 결국, 헤라클레이토스는 쇠똥의 독성으로 종기가 덧나 죽고 말았어.

아리스토텔레스 저런, 의학적 지식이 부족하셨네요. 그나저나 성질 좀 죽이시지. '성격이 인간의 운명'이란 말이 자신에게도 적용된 셈이네요.

플라톤 그러게 말이야. 다른 주제로 넘어가겠네. 궁금한 것이 있는

가?

아리스토텔레스 우리 그리스에는 신이 많고 믿음이 큰 사람도 많습니다. 하지만 신을 팔아 제 배를 채우는 사기꾼도 많은 것 같습니다.

플라톤 예로부터 인류는 자기에게 맞는 신을 개발해 왔다네. 일찍이 크세노파네스 선생은 이런 말을 했지. "아이티오피아(오늘날의 에티오피아가 아닌 '피부가 검게 그슬린 사람들이 사는 곳'이란 뜻) 사람은 자신들의 신이 코가 낮고 피부가 검다고 말하고, 트라케(지금의 발칸반도 동남부 지방) 사람은 자신들의 신이 눈이 파랗고 머리카락이 붉다고 말한다."

아리스토텔레스 철학자 선배님들, 다들 재치가 넘치시네요. 이분들이 희극을 해도 될 것 같아요.

플라톤 그렇지? 마지막 한마디만 하고 오늘 수업을 마치겠네. 혹시 '내가 너무 게으른 것이 아닌가?' 하고 걱정하는 사람이 있다면 데모크리토스 선생의 말로 위로하게나. "유쾌해지고자 하는 사람은 사적으로나 공적으로나 많은 일로 분주해서는 안 되며 능력 이상의 것에 손을 대지 않도록 조심해야 한다. 왜냐면 적절한 일이 지나친 일보다 더 안전하기 때문이다."

아리스토텔레스 아하, 저도 너무 바빠선 안 되겠네요. 늘 유쾌해야 하니까 말이죠. 선생님, 오늘도 지혜를 주셔서 감사합니다.

플라톤 자네와의 문답은 언제나 나의 기쁨이라네.

이탈리아의 철학자이자 정치 사상가인 안토니오 그람시는 "생각을 하는 한 모든 사람은 철학자"라는 말을 했지요. 인간이 '생각'이란 걸 한 것은 언제부터일까요? 우리에게 『사피엔스』(2015, 김영사) 저자로 유명한 역사학자 유발 하라리는 약 7만 년 전 언어가 탄생했고, 이때부터 인류는 인지 혁명에 따르는 지적 생활에 돌입했다고 주장합니다.

인간이 가장 활발하게 지적인 생산물을 내놓은 시기는 철학자 칼 야스퍼스가 축의 시대라 불렀던 기원전 900~200년 사이입니다. 고대 그리스, 인도, 중국 등에서 인류 지혜의 원천이 샘솟아 현재까지 이어지는 사상의 뿌리가 되었지요.

보통 서양 철학의 아버지를 소크라테스라고 하지만 그 이전에도 탁월한 현인이 많았습니다. 이들은 "세계는 무엇으로 구성되어 있는가?", "세계의 근원은 무엇인가?" 등의 질문을 던지고, 답을 구했습니다. 이에 대해 아낙시만드로스는 "무한한 것."이라 답했고 아낙사고라스는 종자, 아낙시메네스는 공기, 피타고라스는 수, 탈레스는 물, 데모크리토스는 더는 쪼갤 수 없는 것인 원자라고 주장했지요.

이들의 단편적인 텍스트를 모은 『소크라테스 이전 철학자들의 단편 선집』에는 촌철살인의 말이 많습니다. 소크라테스가 처음 했던 말로 가장 많이 알려졌지만 사실은 아폴론 신전 입구에 새겨진 문구였으며 킬론, 탈레스, 소크라테스 이 세 명 중에 누가 먼저 이 말을 사용했는지는 알려지지 않은 "너 자신을 알라." 뿐 아니라 솔론의 "알고서 침묵하라." 피타코스의 "장차 하려는 일을 말하지 말라." 그리고 페리안드로스의 "비밀은 발설하지 말라."와 같은 충고는 세상에서 가장 경계해야 할 것이 세 치 혀라는 사실을 일깨워 줍니다.

본문에서 플라톤이 언급하기도 한 철학자인 비아스의 또 다른 말로 위로받으면서 이 글을 마칩니다.

"착해 빠지지도 말고 못돼 먹지도 말라."

카이사르와
게르만 민족의 대결

『갈리아 전쟁기』

기원전 58년, 로마제국의 군인이자 정치가였던 율리우스 카이사르는 갈리아(지금의 프랑스, 벨기에 전 지역과 이탈리아 북부 등) 총독이 됩니다. 이때부터 8년 동안 갈리아 지방에 대한 로마제국의 침략이 지속되지요. 카이사르는 이외에도 두 차례에 걸쳐 라인강을 건너 게르만을 침공했고 도버 해협을 건너 브리타니아(현재 영국의 그레이트브리튼섬)를 공격했으며 수많은 이민족과 전투를 벌였습니다.

카이사르는 갈리아에서의 전쟁 경험을 『갈리아 전쟁기』라는 책으로 남겼습니다. 생사가 오가는 전장에서도 꼼꼼히 일기를 썼던 게지요. 카이사르는 탁월한 장수이자 관대한 정복자였습니다. 부하들이 '카이사르를 위해 싸우다 죽는 것은 영광'이라는 생각을 가질 정도로 매력적인 리더였으며 타지에서도 본국에 대한 정세를 파악하는 데 게으르지 않았던 정치가였습니다. 거기에 절제된 문장으로 글을 쓰는 작가이기도 했습니다.

갈리아의 켈트족, 즉 갈리아인은 전쟁에서 지면 로마제국에 충성을 맹세하며 복종하다가도 로마인이 조금이라도 방심하면 다시 반란을 일으키곤 했습니다. 1년에도 이런 일은 수차례나 일어났고 이 과정에서 갈리아의 켈트족은 서로 협조하고 반목했습니다.

갈리아 정복 1년 차인 기원전 58년, 갈리아인은 또 다른 난관을 마주합니다. 바로 게르만족과의 전쟁이었는데 갈리아 대표 부족인 하이두이족과 세콰니족이 서로 싸우다 세콰니족이 게르만 용병을 끌어들인 것이 문제였습니다. 외세를 끌어들인 세콰니족은 하이두이족을 물리칠 수 있었으나 카이사르가 '게르만의 왕'이라고 묘사하기도 했던 게르만의 강력한 부족인 수에비족의 족장 아리오비스투스는 용병으로 참전했다가 세콰니족의 땅을 차지하고는 게르만족을 이주시키는 등 지배자로 군림했습니다.

집안싸움에 건달을 불러들인 격인 그들은 로마에 도움을 요청했고 카이사르는 아리오비스투스와 전투를 벌여 승리합니다. 『갈리아 전쟁기』에는 두 사람이 전투 직전에 만나 회담을 한 기록이 있습니다. 이어지는 이야기는 두 인물의 회담에 집중하여 구성해 보았습니다. 자, 그럼 켈트족이 로마에 동화되기 이전의 갈리아로 떠나보실까요?

등장인물

카이사르(갈리아 총독), 아리오비스투스(게르만의 왕), 로마군 전령, 그 외 병사들

카이사르와 아리오비스투스가 양쪽 진지 사이의 언덕에서 말을 탄 채 서로를 마주 보고 있습니다. 두 사람 모두 갈리아어에 능통했기에 소통에는 무리가 없었습니다.

카이사르   그대가 갈리아 일부를 무단 점거했다는 소식을 들었음에도 어떠한 조치도 취하지 않았소. 나름 갈리아를 다스리는 사람으로서 게르만의 왕인 그대를 존중한 것이오. 현재 갈리아인은 그대 때문에 많은 고통을 겪고 있소. 그들은 견디다 못해 나에게 그대의 폭정으로부터 자유롭게 해 달라고 요청했소. 나는 이 문제를 묵과할 수 없기에 며칠 전 그대에게 중간 지점에서 만나 회담을 하자고 전령을 보냈소. 그런데 왜 그대는 전령을 그대로 돌려보낸 것이오?

아리오비스투스   존경하는 카이사르여, 먼저 하나 물어봅시다.

카이사르   물어보시오.

아리오비스투스   시장에 당신이 꼭 사고 싶은 게 있으면 가서 사는 게 맞소, 아니면 상인을 불러오는 게 맞소?

카이사르　필요한 게 귀하다면 지체 없이 가서 사는 게 맞겠지요.

아리오비스투스　그렇지요? 내가 당신에게 필요한 게 있다면 당신을 찾아가야 하는 게 맞겠지만, 당신이 내게 필요한 게 있다면 내게 와야 하는 게 맞지 않소?

카이사르　음….

아리오비스투스　더구나, 당신은 스스로 "갈리아를 다스리는 사람"이라고 말하는데 도대체 언제부터 로마가 갈리아의 주인이었소?

카이사르　우리가 갈리아에 공을 들인 건 오래된 일이오. 갈리아인은 로마가 카르타고의 한니발과 전쟁을 벌일 때 우리를 도왔소. 이런 갈리아를 그냥 두고 본다면 신의를 저버리는 일이오. 더군다나 갈리아가 이민족의 손에 넘어간다면, 갈리아인은 물론 로마에도 큰 위협이 닥치게 되리라는 건 불 보듯 뻔한 일이오. 따라서 로마는 평화를 위해 갈리아를 정복해야 한다는 명분이 있소.

아리오비스투스　만약 누군가 어떤 땅을 정복했다면 그 땅의 주인이 되는 게 맞다는 말씀이오?

카이사르　그렇소.

아리오비스투스　그렇다면 내가 전쟁을 일으켜 정복한 갈리아 땅의 일부는 이 아리오비스투스의 땅이 되는 게 맞지 않소?

카이사르　그건 아니지. 갈리아인끼리 싸우다 그대를 불러들인 것 아니오? 지난해에 세콰니족이 하이두이족과의 전투에 힘을 보태기 위해 자네의 힘을 빌렸고, 이때 라인강 너머의 게르만인 12만 명이 남하했소. 도움을 요청한 세콰니족의 땅 3분의 1을 차지하면서 말이지. 그대는 하이두이족을 패퇴시킨 뒤에도 갈리아에서 떠나지 않았고 다시 2만 4000명의 게르만인을 이주시켰지. 그리고 그들을 핑계 삼아 더 많은 땅을 요구했소. 아닌가?

아리오비스투스 승자의 권리일 뿐이오.

카이사르 승자의 권리라…. 그것이 얼마나 뜬구름 같은 것인지 그대는 모르는 것 같구려.

아리오비스투스 로마 역시 승자의 권리를 누리지 않소? 남의 땅에서 재산을 빼앗고 곡식을 약탈해 가지 않는가 말이오.

카이사르 우리는 전쟁을 위해 최소한으로 필요한 물건만을 징발할 뿐이다. 이제 그대에게 요구한다. 첫째, 더 이상 게르만족을 불러들이지 말 것. 둘째, 갈리아인 볼모를 모두 돌려보낼 것. 셋째, 갈리아인을 상대로 전투를 벌이지 말 것. 이 세 가지 약속을 지킨다면 그대를 앞으로도 로마인의 친구이자 동맹으로 인정하겠소.

아리오비스투스 로마인의 친구이자 동맹이라고요?

카이사르 그렇소. 벌써 잊었는가? 지난해 로마의 원로원에서 그대의 지위를 인정해주지 않았소.

아리오비스투스 아하, 그랬었지요. 하하하, 이건 어떻습니까? 게르만족을 대표하여 내가 카이사르 당신을 게르만인의 친구이자 동맹으로 인정하는 것은?

카이사르 나쁘지 않지. 그럼 우린 서로 얼굴 붉힐 일 없소.

아리오비스투스 하지만 나는 로마인의 친구라는 칭호는 싫소.

카이사르 뭣이라?

아리오비스투스 그건 우리 게르만인 사이에서 가족과 친구를 버리고 적과 내통하는 매국노에게나 붙는 이름이오. 누가 '로마인의 친구'라는 호칭을 원했단 말이오? 당신네 원로원에서는 나를 '로마가 보호하는 게르만인의 왕'으로 임명했더군.

카이사르 그 칭호는 아무한테나 주는 게 아니야. 갈리아와 일리리쿰, 아시아의 몇 사람만이 누릴 수 있는 특권이지.

아리오비스투스 나는 그런 특권을 원한 적이 없소. 자, 여기 당신들이 특권을 증명한다며 준 표식이 있소. 가져가시오.

카이사르 이런, 예의라곤 찾아볼 수 없는 야만인이군.

내심 문명인으로서 야만인에게 큰 호의를 베풀었다고 생각하던 카이사르는 자신의 제안이 거절당함과 동시에 로마의 권위까지 부정당하자, 큰 모멸감을 느꼈습니다.

아리오비스투스 하하하, 우리가 로마인과 관습이 다르다고 야만인이

라고 하는군요. 당신들이 보기에 야만인일지 몰라도 우리 게
르만인에게는 나름대로 훌륭한 전통이 있소.

카이사르 그런 게 있소? 예를 들면?

아리오비스투스 우리는 거짓말을 하지 않소.

카이사르 그거야말로 거짓말이군.

아리오비스투스 우리는 여인의 말을 무시하지 않소.

카이사르 우리도 마찬가지요.

아리오비스투스 우리는 귀금속을 중요하게 여기지 않소.

카이사르 그럼 뭐가 중요한가?

아리오비스투스 창과 방패!

카이사르 그대들은 농사도 짓지 않지?

아리오비스투스 추운 겨울에 씨를 심고 가을까지 기다리라고? 그렇게
어리석은 일이 어디 있단 말이오? 우린 피를 흘려 빨리 얻을
수 있는 것을 땀을 흘려 천천히 얻지 않소. 그건 나태하고 김
빠지는 짓이오.

카이사르 그러니까 야만인 소리를 듣는 거야.

아리오비스투스 우리 여인들은 전쟁에 나가는 것을 두려워하지 않소.
적어도 적군의 머리를 하나 이상 베어 와야 시집갈 권리를
얻지요.

카이사르 어이쿠, 무서워라. 여인들까지 전쟁터에 내보내는 게 자랑
이오?

아리오비스투스　땅과 가족을 지키는 데 남녀가 따로 있소?

의미 없는 양측의 논쟁이 벌어지고 있는 와중, 흙먼지와 함께 로마군 측
전령이 도착했습니다. 말에서 내린 전령은 카이사르에게 다가가 한쪽
무릎을 꿇고 회담 도중 후방에 생긴 소란을 보고하기 시작했습니다.

로마군 전령　총독 각하, 지금 게르만 기병대가 소란을 일으키고 있습
　　　　　　니다.

카이사르　소란이라니?

로마군 전령　기병 10여 명이 몰려와 우리 쪽에 돌을 던지고 야유를 했
　　　　　　다고 합니다.

카이사르　우리 기병들에게 절대 대응하지 말고 회담이 끝날 때까지 자
　　　　　리를 지키라고 일러라.

로마군 전령　네, 각하.

카이사르의 명령을 받은 전령은 다시 말에 올라탔고, 말머리를 돌려 본
대를 향해 돌아가기 시작했습니다.

카이사르　할 말이 없군. 이게 그토록 훌륭하다던 게르만의 풍습인가?
　　　　　앞에선 대화하고 뒤로는 도발하는 게?

아리오비스투스　뭔가 오해가 있었던 모양입니다. 돌아가는 즉시 우리

부대원들에게 경거망동하지 않도록 명령하겠소.

카이사르 결론을 냅시다. 내가 제안한 세 가지를 지키겠소?

아리오비스투스 그건 어려울 것 같소. 로마가 그랬듯 정복자가 패자를 자기 뜻대로 다루는 것이 약육강식의 법칙이오. 그렇게 로마 는 멋대로 갈리아를 지배하지 않았소? 그러니 로마도 우리 가 세콰니족의 작은 땅 한 부분을 차지해서 무슨 일을 하더 라도 간섭하지 않는 게 맞소. 당신들이 인근에 진주한 뒤로 로마의 배경을 믿고 조공하지 않는 자들이 늘어나 우리로서 도 매우 곤란하오.

카이사르 말로 해서는 도저히 안 되겠군.

아리오비스투스 말씀 잘하셨소. 우리 게르만인도 말을 길게 하는 거 싫 어하니까. 지금까지 우리를 상대로 이긴 종족이 없소. 만약 카이사르 당신이 원한다면 도전하시오. 난 그 도전을 받아주 겠소. 다만, 우리 군사들은 지난 14년 동안 이 근방에서 계속 된 정복 전쟁으로 잔뼈가 굵었다는 사실, 적을 만나면 그들이 패퇴할 때까지 지붕이나 천막 밑에서 잠을 자지 않는다는 사 실, 마지막으로 게르만인은 전장에서 사자보다 용맹하고 귀 신보다 두려운 존재가 된다는 사실만은 명심해야 할 것이오.

카이사르 라인강 너머에서 야만스럽게 살다 보니 국제 정세가 어떻게 돌아가는지 모르는군. 지도자는 그 누구보다 현실 감각이 있 어야 하오. 지도자의 잘못된 선택은 한 국가를 존폐의 위기에 처하게 할 수도 있지.

아리오비스투스 　나는 지금 그 누구보다 현실적입니다.

카이사르 　그래서 세계 최강의 제국 로마에 대적하겠다? 바로 얼마 전 그토록 용감무쌍하다는 헬베티족(지금의 스위스에 거주하던 켈트족의 일파) 30만 명을 물리친 로마 최정예 군단에 맞서겠다는 것인가? 로마에 협조하면 누이 좋고 매부 좋은 거 아닌가? 지금이라도 내 말을 들으면 그대의 지위는 보장하겠소. 굳이 피를 보겠다는 것이오?

아리오비스투스 　우리 게르만인은 타협을 모릅니다.

카이사르 　잘 알겠소. 이후 벌어질 일은 당신들 책임이오. 협상은 여기까지요. 잘 가시오.

『갈리아 전쟁기』는 카이사르가 철저히 로마인의 관점에서 쓴 책입니다. 카이사르는 뛰어난 정치가이자 장수였지만 한편으로는 로마의 이해를 대변하는 사람이었습니다. 당시 로마는 숙적 카르타고를 격파한 뒤, 신흥 강국으로 유럽에 군림하고 있었지요.

『갈리아 전쟁기』에는 아리오비스투스가 갈리아인들에게 폭정을 일삼았고 약소 부족의 일원을 인질로 잡고 말을 듣지 않거나 협조를 거부할 경우 잔인하게 고문했다고 나와 있습니다. 물론 정복자였던 아리오비스투스가 피정복민을 세심하게 살피며 정치를 하지 않았을 수도 있습니다. 하지만 그것도 같은 정복자였던 카이사르의 관점입니다.

카이사르가 빠르게 갈리아와 게르마니아의 일부, 브리타니아를 정복할 수 있었던 것은 탁월한 군사 전략으로 적을 물리쳤을 뿐 아니라 정치를 잘했기 때문입니다. 항복한 적에게는 관대했고 점령지의 기존 지배층과 소통하며 우정을 유지했으며, 원칙에 의거해 식민지를 다스렸습니다. 폭정이나 고문이 아닌, 법적인 지배였지요. 때문에 갈리아인들은 게르만 부족보다는 차라리 로마에 속하길 원했습니다.

하지만 아무리 부잣집에 산다 한들 노예로 사는 게 편하겠습니까? 갈리아인의 입장에서 보면 로마의 카이사르, 게르만의 아리오비스투스 모두 침략자일 뿐입니다. 침략자는 침략자일 뿐, 차등을 매길 순 없지요. 멀리 갈 필요도 없이 우리나라 역사에서도 드러나죠. 구한말, 조선의 이웃 국가였던 러시아와 일본 모두 조선의 지배권에 대한 야욕을 드러냈죠. 결과적으로는 일본의 지배를 받게 되었지만 그렇다고 러시아는 일본과 달리 선한 의도로 접근했다고 할 수 있을까요? 비록 러시아가 일본에 밀려 쫓겨났지만, 조선인에게는 러시아 또한 일본과 같이 양의 탈을 쓴 늑대와도 같았을 겁니다.

만약 당대 갈리아인이 카이사르의 이런 기록을 보았다면 무척 황당하지 않았을까요? '역사는 승자의 기록'이라는 말이 떠오른다면 저만의 착각일까요?

토르가 여장을
한 이유

마블 영화만큼 재미있는 북유럽 신화

알게 모르게 우리는 이미 북유럽 신화와 친숙합니다. 신화 속 최고 신 오딘, 신들이 사는 세계인 아스가르드, 그리고 세계 종말의 날을 뜻하는 라그나뢰크는 모두 국내 인기 게임의 제목으로 명명되었죠. 천둥의 신 토르와 장난꾸러기 로키는 전 세계적으로 선풍적인 인기를 구가하는 마블 영화에 자주 등장하는 캐릭터이고요. 그 밖에도 저주의 황금 반지, 토르의 망치, 시구르드와 브륀힐드까지…. 북유럽 신화는 이후 수많은 예술 작품의 소재가 되었습니다.

따스한 지중해를 중심으로 한 그리스 신화가 발랄하고 명랑하다면 차갑고 어두운 스칸디나비아반도에서 태어난 북유럽 신화는 왠지 우울 합니다. 게다가 종종 갈등과 충돌의 세계관을 드러냅니다. 주로 대립의 끝에는 큰 전쟁이 있고 이로 인해 종말을 맞는다는 비관적인 이야기를 들려주고 있습니다. 지금껏 인류의 역사에 평화로웠던 시기가 드문 것을 보면 북유럽 신화는 인간의 어두운 심리를 잘 표현하고 있는 것 같습니다.

이번 이야기에는 토르와 로키가 결혼을 앞둔 신부와 하녀로 분장을 하고 거인족을 물리치는 이야기를 담았습니다.

할리우드 영화에서 토르 역을 했던 크리스 헴스워스, 로키 역의 톰 히들스턴이 여장한 모습을 상상하며 읽으면 더 재미있을 겁니다. 그럼, 북유럽 신화 속으로 함께 빠져 보실까요?

· · ▪

등장인물

토르(천둥의 신), 로키(말썽꾸러기 신), 프레이야(사랑의 여신), 트림(거인의 왕),

오딘(신들의 왕), 헤임달(신들의 전령), 트림의 신하들, 그 외의 신들

"여신들은 제일 먼저 토르의 수염을 말끔히 깎고 신부 화장을 해 준 다음 거인들이 그를 알아보지 못하도록 치장을 하기 시작했다. … 토르의 결혼 행렬을 위한 모든 준비가 끝나자 로키가 선뜻 토르의 하녀 역할을 맡겠다고 나섰다."

토르	내 망치! 내 망치가 사라졌다!

당황해 얼굴이 새하얗게 질린 토르는 저 멀리 태연하게 누워 있는 로키를 발견하고, 이내 붉어진 얼굴로 다가가 그의 멱살을 쥔 채 말했습니다.

토르	솔직히 말해, 이번에도 너지!
로키	뭐? 나는 아냐!
토르	지난번에 시프의 머리카락을 몰래 잘라 간 것도 너였잖아.
로키	형! 내가 그때 얼마나 반성하고 후회했는데? 난쟁이 브로크의 선물을 신들한테 주면서 용서받은 게 엊그제인데 내가 또 그런 짓을 하겠어?
토르	내 주위에 이런 짓을 할 놈은 너밖에 없어.
로키	정말 아니라고! 내 뿔 투구를 걸고 맹세한다! 내가 범인을 잡아 올 테니까 그런 줄이나 알아.
토르	망치가 없으면 아스가르드를 지킬 수 없다고! 정말 네 놈이 한 짓이면 넌 내 손에 죽는다. 명심하고 잘 찾아보라고!

억울함에 분을 삭이던 로키는 씩씩대며 뛰쳐나갔습니다. 같은 시각, 거인족의 왕 트림은 자신의 왕좌에 앉아 토르의 망치를 매만지며 웃고 있었습니다.

트림	크하하, 이거 보면 볼수록 탐스럽단 말이지.
신하	전하, 로키 님이 입궁하셨습니다.

트림은 멀리서 들려오는 신하의 목소리에 화들짝 놀라 망치를 왕좌 뒤로 숨긴 채 말했습니다.

트림	어이쿠, 흠흠. 들라 하라!
로키	안녕하세요, 트림 님.
트림	로키, 어서 오게. 정말 오랜만이군. 그간 별일 없었나?
로키	말도 마세요. 정말 억울해서 못 살겠어요.
트림	아니, 왜? 무슨 일 있나?
로키	얼마 전에 제가 시프 님의 머리카락을 몰래 잘라서 혼났던 거 아시죠?
트림	알지. 그것 때문에 자네 목이 달아날 뻔했지.
로키	그러니까요. 그런데 이번에 또 도난 사건이 일어났어요.
트림	무, 무슨 도난 사건?
로키	아 글쎄, 어젯밤에 어떤 놈이 묠니르를 훔쳐 갔다니까요?
트림	토르의 망치를?
로키	그렇다니까요. 토르 형은 제가 한 짓이라고 지레짐작하고 길길이 날뛰고 있어요.
트림	허, 저런.

로키	덕분에 저는 아주 죽을 맛입니다.
트림	하하, 나로 인해 자네가 곤란한 상황에 빠졌구려.
로키	예? 그게 무슨 말씀이신지….
트림	실은, 내가 어제 아스가르드에 갔었네.
로키	네?
트림	평소에 망치 하나만 믿고 잘난 척하는 토르 놈이 꼴 보기 싫어서 몰래 그걸 훔쳐 왔다네.

트림은 급하게 의자 뒤로 숨겼던 망치를 꺼내 이를 드러내며 웃었습니다. 트림이 꺼낸 망치가 토르의 묠니르임을 재차 확인한 로키는 충격에 휩싸인 채 의기양양한 트림을 쳐다보았습니다.

로키	오 마이 갓! 아니, 오 마이 오딘!
트림	어떤가? 이런 망치쯤은 나도 얼마든지 다룰 수 있다네. 오히려 망치가 진정한 주인을 찾은 것처럼 보이지 않는가? 으하하.

열심히 눈을 굴리며 사태 파악을 하던 로키는 일단 눈앞에 있는 트림에게 아부를 시작했지요.

로키	아아, 그럼요. 트림 님이라면 이런 망치쯤이야 100개도 다룰 수 있죠.

트림　　그렇지? 크하하, 역시 날 알아주는 건 자네뿐이군. 기분도 좋
　　　　은데 오랜만에 한잔하세. 여봐라! 주안상을 올려라.

흥겨워하는 트림과 달리 망치의 행방을 알아낸 로키는 그의 눈치를 살
피며 어색하게 웃고만 있었습니다. 트림은 이런 로키의 속도 모른 채 신
나게 술잔을 들이켜고 있네요. 얼마 뒤, 신들의 회의장으로 사용되던 글
라드스헤임 궁전에 모처럼 오딘을 비롯한 신들이 모였습니다.

프레이야　오늘 모인 이유가 뭡니까?
오딘　　며칠 전 로키가 내게 전갈을 보냈다. 토르의 망치를 가져간
　　　　자를 알아냈다고 하더군.
토르　　뭐요? 그게 누굽니까? 내 그놈을 당장….
오딘　　일단 진정하게나, 토르.
토르　　제가 지금 진정하게 생겼습니까?

그때, 저 멀리서 로키가 서둘러 달려오며 외쳤습니다.

로키　　헉헉! 거인의 왕 트림!
토르　　뭐라고? 확실하지? 내 이놈을 당장….
오딘　　진정해! 네가 망치 없이 거인족의 왕 트림을 이길 수 있느냐?

인정할 수밖에 없는 오딘의 말에 토르는 분을 삼킬 수밖에 없었지요.

토르   끄응….

로키   트림이 묠니르를 돌려준다고 했어요.

오딘   정말? 그것 참 다행이구나.

로키   단, 조건이 있답니다.

오딘   그게 뭔데?

로키   어… 저기 있는 사랑의 여신 프레이야와 결혼하게 된다면 망치를 돌려준대요.

프레이야   뭐라고? 말도 안 돼! 지금 나보고 그런 괴물 같은 작자와 결혼하라고? 차라리 망치를 포기하라고!

그 말을 듣고 화가 난 프레이야는 자리를 박차고 나가 버렸습니다.

오딘   이런, 큰일이군.

로키   제 말이요. 저는 트림이 그 말을 하자마자 눈앞이 깜깜했다니까요?

다들 마땅한 묘수를 찾지 못해 머리를 감싸 쥐고 있을 때, 한 신이 앞으로 나서며 조심스레 의견을 밝혔습니다.

헤임달	제게 묘안이 있습니다만.
오딘	오, 헤임달 아닌가. 어서 말해 보라.
헤임달	토르 님이 망치만 손에 넣는다면 그 강력하다는 트림도 단숨에 물리칠 수 있지요?
토르	그야 두말하면 잔소리 아닌가! 묠니르만 있다면 그 거인 녀석은 내 적수가 되지도 못해!
헤임달	좋습니다. 그럼 이어지는 제 말을 듣고 화내지 않는다고 약속하세요.
토르	대체 무슨 말이길래 그러나? 좋아, 약속하지!
헤임달	토르 님에게 신부 화장을 시킨 뒤 프레이야인 것처럼 속여 트림에게 보내는 겁니다. 트림이 토르 님이 정말 프레이야인 줄 알고 좋아할 때, 방심한 그의 곁에 다가가 망치를 들어 끝장을 내는 거죠.

헤임달의 계획을 들은 신들은 모두 황당해하는 표정을 지었습니다. 아무리 생각해도 이루어질 수 없는 계획 같았기 때문이죠. 저 불같은 성격을 가진 토르가 순순히 여장을 할 리가 있나요? 더군다나 여장을 한다고 해도 우락부락한 그의 덩치 때문에 금방 들키고 말 테죠.

토르	허허… 지금 나보고 여자처럼 꾸미라고? 그걸 지금 말이라고 하는 거냐!

분노한 토르는 헤임달의 멱살을 쥐고 위아래로 흔들기 시작했습니다.

토르   어디 다시 한번 말해보지 그래!

헤임달   켁켁, 화내지 않기로 했잖아요.

오딘   토르, 멈춰라. 생각해 보니 일리 있는 말이다.

토르   예? 그게 무슨….

오딘   그것 말고 다른 방법이 있느냐? 딱히 없지 않느냐.

로키   솔직히 말하면 헤임달의 아이디어, 기가 막힙니다. 만약 토르 형이 프레이야 여신으로 분장을 한다면 저는 하녀로 분장해서 형을 도울게요. 정말 재밌을 것 같거든요. 하하!

토르   로키, 너마저…! 휴, 알겠습니다. 대신 하나만 약속해 주시죠. 나중에 이 일로 날 놀리지 않겠다고.

이 말을 들은 모두가 그러지 않겠다 약속했습니다. 그러나 터져 나오는 웃음은 숨길 수 없었지요. 신들의 비웃음에 얼굴이 빨개진 채 토르는 여장을 위한 도움을 받기 시작했습니다. 그 옆에서 로키도 하녀 분장을 받았지요. 얼마 뒤, 얼추 잘 어울리는 하녀와 몹시 건강하고 튼실해 보이는 프레이야가 출발 준비를 마쳤습니다. 마지막으로 토르의 얼굴을 가릴 면사포를 씌우자, 더 이상 참지 못한 신들은 폭소를 터뜨렸습니다.

신들   푸하하!

토르   이것들이…! 입 다물지 못해! 망치만 되찾으면 네놈들 머리
       통을…!

오딘   실랑이 할 시간 없을 텐데, 토르. 지체할 필요 없이 바로 출발
       해라. 도착 전에 트림에게 프레이야가 결혼을 승낙했다는 소
       식을 전하는 것 잊지 말고. 그래야 신나서 결혼 준비를 서둘
       러 해 두지 않겠나, 하하!

토르   오딘 님 마저…! 에잇, 이 수모 절대 잊지 않겠다!

민망함과 분노로 일그러진 얼굴의 토르와 필사적으로 웃음을 참고 있
는 로키는 수행원들과 함께 거인족의 왕, 트림의 궁으로 출발했습니다.
그 시각, 사랑의 여신 프레이야가 자신의 요구를 승낙했다는 소식을 들
은 트림은 신이 나 결혼 준비를 서두르기 시작했습니다.

트림   으하하, 신계 최고의 미녀 프레이야와 결혼하게 되다니. 이
       게 꿈인가 생시인가! 쇠뿔도 단김에 빼라고, 오늘 바로 식을
       올리겠다! 어이, 서두르지 못해! 거기, 케이크가 삐뚤어졌잖
       아! 똑바로 준비하지 못해? 완벽하게 준비하란 말이야!

거인족의 왕, 트림은 입이 귀에 걸린 채로 신하들을 닦달해 결혼식 준비
를 서두르기 시작했습니다. 그 결과, 반나절 만에 제법 그럴싸한 결혼식
장이 만들어졌습니다. 트림은 식장을 한번 둘러보고는 흡족한 미소로

자리에 앉아 프레이야라고 굳게 믿고 있는 토르를 기다리기 시작했습니다.

트림   오, 나의 신부 프레이야. 어서 와요.
로키   신부님, 신랑 옆에 앉으세요.

토르는 면사포에 험악한 얼굴을 숨긴 채 트림의 곁에 최대한 조신스러운 몸짓으로 다가가 앉았습니다.

트림   자자, 오늘은 기쁜 날이니 맘껏 마시고 즐깁시다. 프레이야,
       그대도 어서 음식을 드시오.

아직 자신의 정체가 들키지 않았음에 안도한 토르는 최대한 얼굴이 드러나지 않도록 조심하면서 트림이 접시에 담아 준 음식을 게걸스럽게 먹기 시작했습니다.

트림   아니, 이게 무슨…!
로키   아, 트림 님. 신부께서 트림 님의 제안을 듣자마자 설레는 마음으로 결혼 준비를 하느라 쫄딱 굶었답니다. 그래서 지금 몹시 배가 고프신 상태랍니다. 평상시에는 세상 그 누구보다 우아한 식사를 하시죠.

트림   아하, 그렇구먼. 굵지 않아도 그대는 충분히 아름다우니 앞으

         로는 그러지 마시오. 하하, 시장하시겠구려. 어서 드시오, 어서.

트림이 느끼한 웃음을 지으며 토르의 곁으로 다가오자, 음식을 허겁지
겁 먹던 토르는 들킬까 겁나 급하게 자리를 옮겼습니다. 다시 트림이 거
리를 좁혀 면사포를 들추려 하자, 토르는 기겁하며 고개를 돌려버렸습
니다. 뭔가 이상함을 감지한 트림은 강제로 턱을 들어 면사포 속에 숨겨
진 눈을 마주쳤습니다.

트림   아니, 당신 눈이 왜 이렇게 빨간 거요?

로키   아, 그건 결혼 소식에 며칠 동안 잠을 못 주무셔서 그렇답니다.

트림   그럼 그렇지. 나처럼 키 크고 잘생긴 사내와 결혼하게 되었

         으니 그럴 만도 하지. 하하, 그래도 혼인식 날 신랑 신부가 뽀

         뽀는 해야지 않겠어?

트림이 막무가내로 다시 면사포를 들고 키스하려 하자, 머리끝까지 소
름이 돋은 토르는 고개를 돌린 채 최대한 여자 목소리를 흉내 내며 말했
습니다.

토르   토르의 망치를 걸고 결혼 서약을 하기 전에는 입 맞출 수 없

         어요.

트림   아, 좋소. 어차피 식이 끝나면 돌려줘야 할 망치, 이럴 때 최
               대한 써먹어야지. 여봐라, 묠니르를 가져오너라.

트림의 명령에 저 멀리서 신하들이 끙끙대며 화려한 쟁반 위에 놓인 묠
니르를 들고 식장으로 들어왔습니다. 토르의 망치가 등장하자, 상황을
알고 있는 하객들은 긴장했습니다. 쟁반이 토르와 트림의 앞에 놓였고
트림은 다가오는 자신의 암울한 미래를 모른 채 기쁜 마음으로 토르의
손을 움켜쥐었습니다.

트림   프레이야, 당신을 영원히… 아니, 당신 손이 왜 이렇게 큰 거
               요?
토르   그래야 망치를 잡을 수 있으니까!

이 순간만을 기다리며 온갖 수모를 버텨냈던 토르는 사자후를 내뱉으
며 망치를 들어 트림을 내리쳤습니다. 망치에 머리를 적중당한 트림은
외마디 비명과 함께 쓰러졌습니다. 제아무리 거인의 왕이라 한들 무방
비 상태에서 토르의 묠니르에 적중당한다면 충격이 클 테지요.

트림   으아악…!
토르   대적하는 자는 모두 각오하라!

묠니르를 든 토르의 기세에 눌린 트림의 신하들은 모두 제자리에 굳을 수밖에 없었습니다. 더군다나 미모의 여신인 줄 알았던 자가 알고 보니 신부 화장을 하고 이쁜 드레스를 입은 험상궂은 털보 아저씨라니, 충격에 쓰러지지 않은 게 다행이었습니다.

토르   아, 내 사랑 묠니르. 네가 없으니 살맛이 나지 않았다.

망치를 꽉 쥔 토르는 호탕하게 웃은 뒤 드레스를 거칠게 벗어 던졌습니다.

로키   토르 만세! 망치 만세!
토르   결혼식은 끝났소. 다들 돌아갑시다.

토르는 한결 시원해 보이는 표정으로 한 손에는 망치, 다른 한 손에는 닭 다리를 집어든 채 식장을 나섰습니다.

· · ·

북유럽 신화에 나오는 황금의 여신 굴베이그는 오딘을 주신으로 하는 아스 신족이 아무리 죽이려 해도 죽지 않습니다. 심지어 활활 타는 불 속에 집어넣어도 살아 나옵니다. 이 대목은 소설을 기반으로 한 미국 드라마 〈왕좌의 게임〉에서 대너리스 타르가르옌이 불타는 천막에서 걸어 나오는 모습을 연상하게 만듭니다.

이처럼 무슨 수를 써도 죽일 수 없는 황금의 여신은 인간의 탐욕을 상징합니다. 최근 인터넷 인기 동영상 중 이런 게 있었습니다. 허름한 옷차림을 한 사내가 데이트를 신청했을 때 거들떠보지 않던 여인이, 그 사내의 자가용이 값비싼 스포츠카인 것을 알자 바로 자신의 전화번호를 알려줍니다. 돈이 많다는 건 어떻게 보면 외적인 외모와 교양 있는 태도보다 더 사람들을 끌어모으는 요인 중 하나인가 봅니다.

북유럽 신화 속 신들은, 어떤 문제가 생기면 모여서 의논을 합니다. 또한 『일리아드』, 『오디세이아』에도 그리스의 신들이 모여 인간의 문제를 놓고 회의하는 모습이 등장합니다. 일단 회의에서 결정된 사항은 어떤 식으로든 따르는 장면이 인상적이었습니다. 위 이야기에 나오는 천둥의 신 토르는 남성성의 상징이나 마찬가지이나, 대의를 위해 신부로 분장했지요. 여러분, 알고 계셨나요? 토르와 로키는 마블 영화에서 나오듯 친형제는 아닙니다. 게다가 둘은 사이가 썩 좋지는 않았습니다. 하지만 공동의 적 앞에서는 힘을 합치기도 합니다.

신화는 인류 문화의 원천입니다. 현재 인기리에 통용되는 이름이 수천 년 전 스칸디나비아반도 사람들이 만들어 놓은 것이라는 사실, 얼마나 흥미롭습니까? 그리스 신화만큼 알려지진 않았지만 그만큼 재미있는 북유럽 신화도 찾아 읽어보고 싶지 않으신가요?

3장

사랑의 마음을
담은 고전

우리에게
시조가 있었네

사랑과 이별을 노래한 시조

"사랑의 기쁨은 어느덧 사라지고 사랑의 슬픔만 영원히 남았네."

나나 무스쿠리가 1971년에 발표한 사랑의 기쁨, 〈플레지르 다무르 Plaisir D'amour〉의 가사입니다. 기쁨은 순간이고 고통은 평생이지요. 그래서 세상의 모든 사랑 노래는 이별가일 수밖에 없습니다. "사랑해서 너무 좋아." 이런 가사는 드물지요. "사랑이 떠나서 슬퍼.", "님이 없으니 외로워.", "날 버리고 가니 어쩌나." 같은 이별 내용이 대중적 사랑 노래의 주를 이룹니다. 중국에 한시가 있고 프랑스에 샹송이 있다면 우리에겐 조선의 시조가 있습니다. 그것도 사랑의 절절함을 노래한 시조 말이지요.

시조집 『해동가요』를 편찬한 조선시대의 문인 김수장이나 조선 영조 때 역대 시조를 수집하여 편찬한 시조집인 『청구영언』의 저자 김천택 같은 이들은 생애 수많은 시조를 남겼습니다. 사육신 중 한 명인 박팽년과 인조반정의 공신으로 예조, 이조판서를 역임한 김상용 같은 이들도 시조를 즐겨 읊었지요. 애국과 충의뿐 아니라 열렬한 애정에 대한 시조를 말입니다. 이중 김상용의 시조는 2015년 영화 〈해어화〉의 OST로 만들어지기도 했습니다.

예로부터 시를 잘 짓기로 유명한 부안의 기생 계랑은 28세 연상의 문인 유희경과 사랑에 빠지기도 했습니다. 시를 주고받으며 사랑을 키워 나갔던 두 사람은 이별을 맞이했고, 그 뒤 유희경이 귀경하여 소식이 끊어졌죠. 계랑은 이 아픈 사랑을 시조로 남겼습니다. 아, 이분을 빼면 섭섭하죠? 황진이 역시 뛰어난 가객이었습니다. 이번 글에선 조선의 유명 시조 시인들이 시공간을 초월하여 모두 모여 노래한다는 가정하에 그들의 사랑가를 소개해 드리겠습니다. 그럼, 함께 조선으로 떠나 보실까요?

· · ■ ■ ·

등장인물

계랑, 유희경, 황진이, 박팽년, 김수장

"이화우 흩뿌릴 제 울며 잡고 이별한 임
추풍낙엽에 저도 날 생각는가
천리에 외로운 꿈만 오락가락하노매"

(배꽃이 비내리듯 흩날릴 때, 울면서 소매를 부여잡고 이별한 임 / 가을 바람에 낙엽이 지는 이때에 임도 나를 생각하고 있을까 / 천 리나 되는 머나먼 길에 외로운 꿈만 오락가락 하는구나)

계랑 아, 임 떠난 지 어언 10년. 어찌 소식 한 자 없으신고. 내게 하늘의 향기, '천향'이라는 별칭을 지어 주시고 이곳에서 우리 꿈같은 시간을 보냈건만….

떠나간 임, 유희경을 그리워하며 시조를 읊던 계랑은 마루에 걸터앉은 채 행복했던 추억 속으로 빠져들기 시작했습니다.

유희경 그대가 계랑인가?

계랑 그렇사온데… 저를 찾으셨다 들었습니다.

유희경 그렇소.

계랑 선비님 존함을 여쭤도 되는지요?

유희경 나는 서울 사는 유희경이라 하오. 그대가 시를 잘 짓는다는 명성이 자자하여 부안을 지나는 길에 들렀소.

계랑 당치도 않습니다. 과한 명성입니다.

유희경 참으로 곱소. 낭자, 올해 몇이오?

계랑 스물입니다.

유희경 좋은 나이로다. 내가 나이 든 것이 한이로다.

계랑	선비님은…?
유희경	하하, 내후년에 지천명$知天命$이오.
계랑	하늘의 명을 들으셨습니까?
유희경	허허, 아직은 못 들었소. 2년 뒤에 듣게 되거든 내 제일 먼저 이 소식을 전해 드리리다.
계랑	재밌는 분이시군요. 소녀, 한 잔 올리겠습니다.

계랑이 따라 준 술을 들이켜던 유희경은 계랑의 뒤에 있는 가야금을 보고는 흥미를 갖기 시작했습니다. 이를 눈치챈 계랑은 살포시 미소 짓더니 가야금을 품으로 끌어당긴 채 말했습니다.

계랑	선비님을 위해 한 곡 올리겠습니다.
유희경	좋소.
계랑	"사랑 거짓말 사랑 거짓말 사랑 거짓말이로다…"
유희경	슬픈 곡이구려, 잘 들었소. 이제 시를 한번 지어 봄이 어떻겠소?
계랑	운을 띄우시지요.
유희경	알 지$知$로 하겠소. 지!
계랑	지천명부지천명$知天命不知天命$(지천명의 나이에 천명을 모르네).
유희경	호오, 지!
계랑	지유붕우지지음$知唯朋友知知音$(오직 친구가 알아준다는 것을 알

라).

유희경   지!

계랑   지족원운지운야^{知足願云止知韻也}(족한 줄 알고 '지' 자로 운 띄움을
          그치길 바라노라).

유희경   오호라! 역시 명불허전이로다.

계랑   이번에는 선비님이 한 수 지어 보시지요. 제가 운을 띄우겠
          습니다. 어찌 하^何로 하겠습니다. 하!

유희경   하언무의여동포^{何言無衣與同袍}(어찌 옷이 없다 하오, 나눠 입으면
          되지).

계랑   하!

유희경   하설무시오여동^{何說無時吾女同}(어찌 시간이 없다 하오, 내가 그대와
          함께인데).

계랑   하!

유희경   하원지유유지사^{何遠之有有之思}(사랑이 있다면 어디인들 멀랴).

계랑   좋습니다만….

유희경   좋습니다만?

계랑   마지막 구절은 공자님 말씀을 빌려 온 것이니 무효입니다.
          논어의 "미지사야부하원지유^{未之思也夫何遠之有}(생각하지 않기 때
          문이지, 생각만 한다면 어찌 멀다는 것이 있겠느냐)."를 본뜬 것
          아닙니까?

유희경   하하, 이것 참 민망하구려. 역시, 천하의 계랑이로다. 내 술

한 잔 받으시오.

계랑   연배로 보나 반상의 도리로 보나 한참 어른이신데 말씀을 놓
으시지요.

유희경   아니오, 우리 친구 합시다.

유희경은 계랑의 술잔이 입으로 향하자 팔을 살포시 잡아 잠시 멈추게
하고는 장난스레 말했습니다.

유희경   그거 마시면 나랑 사귀는 것이오.

계랑   지음^{知音}이 오시었으니 어찌 사양하리오?

두 사람은 진담 반, 농담 반으로 주고받은 말장난으로 인해 한층 풀어진
분위기 속에서 취기에 달아오르기 시작했습니다. 계속해서 술잔과 함
께 식견을 주고받으며 많은 나이 차에도 불구하고 서로에게 호감을 느
꼈지요.

유희경   그대에게서는 참으로 좋은 향기가 나오.

계랑   부끄럽사옵니다.

유희경   내 그대를 천향이라 부르리다.

계랑   천향….

유희경   이리 오너라. 업고 놀자, 이리 오너라 업고 놀자….

유희경과의 추억을 떠올리며 행복한 미소를 띠고 있던 계랑은 근처에서 황진이가 다가오는 소리에 화들짝 놀라 과거에서 헤어나왔습니다. 그리고 이내 임이 떠난 현실을 자각하고 한탄하기 시작했습니다.

황진이 　이별주 한잔하며 평생 잊지 말자며 울었던 임아. 가면 갔다, 오면 온다, 보고 싶으면 보고 싶다… 어찌 말이 없소. 가을낙엽이 지도록 무소식이니 내 속이 다 타들어 가오. 서울로 가시고는 어째 소식도 없으시네.

　　　　 "어져 내 일이야 그릴 줄을 모르던가

　　　　 이시라 하더면 가랴마는 제 구태여

　　　　 보내고 그리는 정은 나도 몰라 하노라"

　　　　 (아아 나 좀 보라지 그럴 줄을 몰랐던가 / 있으라 했으면 그대 굳이 갔을까마는 / 보내고 그리는 정은 나도 모르겠네)

계랑 　진이 언니! 좋소, 참 좋소. 역시 시조는 황진이라더니.

황진이 　아우님, 너무 슬퍼 마시오. 우리 기녀가 상대하는 이들이 공직에 있음을 어찌하리오. 주상의 명을 받아 왔다가 가는 것 아니겠소. 다들 더 머물고 싶어도 그럴 수 없음이야. 주어진 임기를 마치면 돌아가야 하는 법 아니오?

계랑 　알지요, 알아. 왜 모르겠소. 아니 더 마음이 아프지요.

황진이 　하루 이틀이야 더 있지 못할까마는 그게 무슨 소용이랴. 어차피 가야 할 사람임을 알기에 붙잡지 못하고 보냈지. 하나

보내고 나면 그리운 법. 우리네 마음이란 하루에도 수십 수백 번 요동치니 말이오.

계량 진이 언니의 시 짓는 재주는 하늘이 내린 것 같소.

황진이 우리 사이에 아부는 무슨… 광해군 때 도승지, 인조대왕 때 이조판서를 지낸 김상용 어르신을 아는가? 이런 노래를 남겼지.

"사랑 거즛말이 임 날 사랑 거즛말이

꿈에 와 뵈단 말이 긔 더욱 거즛말이

날같이 잠 아니 오면 어늬 꿈에 뵈이리"

(사랑한다는 거짓말이, 임이 나를 사랑한다는 거짓말이 / 꿈에 보인다는 말, 그것이 더욱 거짓말이다 / 나같이 잠 안오는 사람은 어느 꿈에 볼 수 있단 말인가)

계량 그 맘이 내 맘이오. 사랑은 거짓말이지. 임이 날 사랑한단 말이 거짓말이지. 꿈에 임이 보인다는 것도 거짓말이라오. 잠이 오지 않는 날에는 어찌 꿈에 나타난단 말이오. 사랑하는 임을 그리느라 불면에 시달리는데, 꿈속의 대면이 웬 말이오.

황진이 이어서, 김상용 어르신이 투기에 사로잡힌 여인네의 심정을 노래한 것도 들어보시게.

"금로에 향진하고 누성이 잔하도록

어디 가 있어 뉘 사랑 바치다가

월영이 상란간케야 맥바드러 왔나니"

(금향로 다 타고 물시계 멈추도록 / 어디 가서 누구에게 사랑을 바치다가 / 달그림자 난간에 올라서야 내 생각이 나 왔느냐)

계랑   아아, 김상용 어르신은 참으로 사랑의 깊은 상처를 아는 양반이오.

이때, 길을 지나가다 마루에 걸터앉아 시조를 읊는 둘을 본 박팽년이 다가오며 말했습니다.

박팽년   거, 사랑 말씀이오? 나도 빼놓지 마시오.
        "금생려수金生麗水라 한들 물마다 금이 나며
        옥출곤강玉出崑岡이라 한들 뫼마다 옥이 날쏜야
        암으리 사랑이 중타 한들 님님마타 좃츨야"
        (금이 아름다운 물에서 난다 하여 물마다 금이 나겠으며 / 옥이 곤강에서 난다 한들 산마다 옥이 난다더냐 / 아무리 사랑이 소중하다 한들 님마다 다 따를 수 있겠느냐)

계랑   박 선비님은 일편단심을 노래하셨네요. 그런 심정이었으니 단종을 지지하다 사육신이 되셨겠지요.

박팽년   고종 때 가객 박효관은 또 어떻고? 대신 불러 줄 테니, 들어 보시오.
        "공산에 우는 접동 너는 어이 우짖는다
        너도 날과 같이 무슨 이별하였느냐

아무리 피나게 운들 대답이나 하더냐"

(빈 산에 우는 두견 너는 어찌하여 울고 있느냐 / 너도 나와 같이

무슨 이별 하였느냐 / 아무리 피나게 운들 대답이나 하더냐)

박팽년   무명씨無名氏의 노래도 들어 보시오.

"누운들 잠이 오며 기다린들 님이 오랴니

이제 누어신들 어늬 잠이 하마 오리

찰하로 앉은 곳에서 긴 밤이나 새오자"

(눕는다고 잠이 오며 기다린다고 님이 올까 / 이제 누워보아야 어

떤 잠이 벌써 올까 / 차라리 앉은 곳에서 긴 밤이나 새우리라)

계랑   사랑이 잠 못 이루게 한 역사가 참으로 깁니다. 중국 최고最古
의 시집 『시경』의 「관저」에는 잠자리에서 임을 그리며 이리
저리 뒤척인다는 '전전반측'이란 구절이 나오기도 하지요.

박팽년   맞소. 이어서 다른 무명씨의 작품도 들어 보시겠소?

"사랑이 엇더러니 두렷더냐 넙엿더냐

기더냐 자르더냐 발을러냐 자힐러냐

지멸이 긴 줄은 모르되 애 그츨만 하더라"

(사랑이 어떻더냐 둥글더냐 넓적하더냐 / 길더냐 짧더냐 길이를

잴 수 있더냐 / 지루하게 긴 줄은 몰라도 애끊을 만하더라)

황진이   주옥같은 시의 원작자를 모르는 것이 한입니다. 저도 무명씨
의 시조 하나 알고 있답니다.

"오날도 조흔 날이오 이곳도 조흔 곳이

조흔 날 조흔 곳에 조흔 사람 만나이셔

조흔 술 조흔 안주에 조히 놀미 조해라"

(오늘도 좋은 날이오 이곳도 좋은 곳이니 / 좋은 날 좋은 곳에 좋은

사람 만나서 / 좋은 술 좋은 안주에 좋게 놀면 좋으리)

계랑	이리 좋은 날 어찌 술이 빠지리오. 박 선비님, 형님. 내 술 한 잔 받으시오.

사연 많고 한 많은 세 사람이 서로를 시조로 위로하며 술잔을 마주하던 그때, 술과 노래가 있는 곳에는 빠지지 않고 나타난다는 가객歌客 김수장 이 등장했습니다.

김수장	이런 음주 가무에 나를 빼지는 마시오.
박팽년	이게 누구야, 노가재老歌齋 선생 아닌가? 어서 오게나, 하하.
김수장	안녕하십니까? 제 호를 다 알고 계시고, 영광입니다. 노가재 가 '늙은 가수의 집'이란 뜻이니 요즘 내 신세요. 화개동의 내 집 앞에 노래를 배우려는 사람이 줄을 서고 있답니다.
박팽년	젊은 시절 그리 인기가 있더니만 요즘도 재미 좋으신가?
김수장	시조로 답하리다.

"나는 지남철인가 각시들은 날바늘인지

앉아도 붙고 서도 따르고 누워도 붙고

이리저리 따라와 아니 떨어진다"

(나는 자석이고 여인네들은 이에 붙는 날바늘인지 / 내가 어디서
무얼 하건 간에 / 떨어질 줄을 모르는구나)

박팽년   어허, 공자님 들으시면 노하겠네. 여전히 잘나가시는구먼.
         바늘 같은 낭자들이 자석 같은 노가재에 따라붙는다니….

김수장   다 헛되지요. 사랑에 빠져 사랑을 나누다 헤어지고 나면 남
         은 이는 아쉬워 노래할 뿐이랍니다. 매화라는 평양 기생이
         있었습니다. 미모와 노래 솜씨로 명성이 자자했지요. 이 소
         문이 한양까지 퍼졌고, 소문을 접한 범가라는 가객이 그녀를
         꼭 한번 만나보고 싶다는 열망을 품었습니다. 오랜 무명 생
         활로 가난했던 그는 친구들에게 돈을 빌려 평양길에 나섰지
         요. 매화의 기방에 들어가 통성명을 하니 매화가 상다리가
         부러지게 음식을 차려 왔습니다.

         분위기가 한창 무르익었을 때, 그날따라 기분이 매우 좋지
         않았던 매화의 기둥서방 왕가가 들어왔습니다. 자신을 노려
         보는 험악한 인상의 사내를 보며 범가가 '난 이제 죽었구나.'
         하고 있었는데 그에게 호감을 느끼고 있던 매화가 그 또한
         나와 같은 가객이라며 좋게 포장하여 소개하였고, 이야기를
         듣고 흥미가 생긴 왕가가 범가에게 노래를 청했습니다. 범가
         는 긴장한 채 즉흥적으로 이런 곡을 불렀답니다.

         "서울 사는 범나비 무슨 바람 불었는지
         평양 사는 절창絶唱 미녀 매화 보러 왔다가

꽃 지키는 사대천왕 왕거미한테 걸렸구나"

자신을 범나비에, 왕가를 왕거미에 비유해 두려운 상황 속에서도 넉살 좋게 불렀지요. 이 노래를 듣고 왕가는 호탕하게 웃으며 "너 우리 매화가 맘에 들면 오늘부터 같이 살아라." 했답니다. 매화도 좋았는지 범가와 알콩달콩 살았으나 타고난 기질이 한량이었던 범가는 얼마 지나지 않아 떠나버렸죠. 이후, 매화가 한탄하며 운을 띄웁니다.

"죽어 잊어야 하랴 살아 글여야 하랴

죽어 잊지도 어렵고 살아 글익이도 얼여왜라

저님아 한 말씀만 하소라 사생결단하리라"

(죽어 잊어야 하나 살아서 그리워해야 하나 / 죽어 잊으려 하니 어렵고 살아 그리워하는 것도 어렵구나 / 님이 하라는 대로 할 테니 한 말씀만 하소서)

박팽년	사연은 참담하나 노래는 아름답구나.
황진이	죽어서 잊기도 어렵고 살아서 그리워하기도 어려운, 그런 사랑을 경험한 이들의 가락이 이 가슴을 울립니다. 선비님들, 제 술 한 잔 받으시오.

황진이가 술을 따르자 각자 깊은 생각에 빠진 표정으로 한 잔씩 마십니다. 처연하고도 아름다운 모습 아닙니까?

"동짓날 기나긴 밤을 한 허리를 베어 내어

춘풍 이불 아래 서리서리 넣었다가

어론 임 오신 날 밤이여드란 굽이굽이 펴리라"

(동짓달 기나긴 밤 한가운데를 베어 내어 / 따뜻한 이불 밑에 얼기설기 넣어

두었다가 / 정든 님 오신 날 밤에 굽이굽이 펴리라)

아마도 이런 절절한 사랑 시조도 드물지 않나 싶습니다. 누구의 작품

이냐고요? 그 유명한 황진이의 시조입니다. 그녀는 당시 춤 잘 추고 노

래 잘하던 무관 이사종과 사랑하는 사이였습니다. 가무에 능한 군인과

시 잘 짓고 영민한 기녀의 만남이라니, 뭔가 극적이지 않습니까?

알고 보면 우리 시조에 좋은 노래가 참 많습니다. 안타깝게도 이 좋은

가락을 우리는 대학 입시를 위해 강제로 암기하듯 배웠기에, 좋은 줄 몰

랐습니다. 세월이 지나 다시 읽어 보니 참으로 달콤하고 쌉쌀합니다. 그

어떤 초콜릿보다 더 감칠맛이 나네요. 이렇게 좋은 시조를 곁에 두고 우

리 노래는 별로라며 외국 노래만 찾은 것은 아닌지 모르겠습니다.

시조는 서민부터 왕까지 두루 짓고 즐겼던 장르입니다. 풍류를 아는

이라면 시조 한 수쯤은 지을 수 있어야 했습니다. 우리 조상님들은 일상

생활의 기쁨과 슬픔을 시조로 풀어낼 수 있을 정도로 문화적인 삶을 살

았습니다. 세자 시절, 청나라에 볼모로 잡혀갔던 효종이 지은 시로 이

글을 마무리합니다.

"청석령 지나거냐 초하구 어드메오

호풍도 차도 차라 궂은비는 무스 일고

뉘라서 내 행색 그려내야 님 계신 데 드릴고"

(청석령*은 지났느냐 초하구*는 아직 멀었느냐 / 북풍의 바람이 차고 찬데, 궂

은 비까지 웬말이냐 / 그 누가 비참한 내 꼴을 한양의 임금께 전하랴)

• 청석령, 초하구: 만주의 지명

- - - -

아내를
믿지 못한 남자

죽음의 끝에서 노래한 생명, 『데카메론』

14세기, 흑사병이라고도 알려진 페스트가 유럽을 휩쓸어 당시 유럽 인구의 5분의 1이 희생되었습니다. 당시 사람들은 발병과 전염 원인이 뭔지도 모른 채 죽어 갔습니다. 『데카메론』은 페스트를 피해 이탈리아 피렌체 교외에 모인 젊은 남녀 열 명이 한 사람씩 매일 하나의 이야기를 한다는 설정으로 100편의 이야기를 담은 단편 소설집입니다. 그런데 그 이야기의 내용은 진리나 보편적 교훈이 아닙니다. 주로 남녀의 사랑과 실연, 모험을 다루고 있습니다. 그것도 꽤 진한 수위의 애정 행각을 말입니다. 등장인물은 수도사, 수도원장, 귀족, 농부, 부랑자 등 지위 고하를 가리지 않습니다.

단테와 함께 이탈리아 최고의 작가로 손꼽히는 조반니 보카치오는 단순히 재미만을 위해 고수위의 사랑 이야기를 썼을까요? 인간의 가장 강한 본능은 본인 유전자의 '생존'입니다. 페스트로 내 주변 사람들이 모두 죽어 나가는 상황에서 유전자의 생존을 위해 제일 필요한 게 뭘까요? 바로 사랑입니다. 페스트=죽음이라는 공식에 맞서서 당시 사람들은 사랑=삶이라는 단순함으로 대응했습니다. 개인의 삶은 유한하지만 유전자는 끝까지 살아남아 후대에 전해지지요. 남녀의 애정은 생존의 전제 조건입니다. 그래서 보카치오는 고결한 정신적 사랑보다는 조금 과하다 싶은 육체적 행위를 묘사한 것이지요.

『데카메론』속 열 명의 남녀는 이야기를 마치고 나서 춤과 노래로 하루를 마감했습니다. 그것이 죽음에 대항하는 중세인의 방법의 하나였습니다. 이어지는 글을 통해 중세 유럽 특유의 분위기를 느껴 보시기 바랍니다.

· · ·

등장인물

베르나보(제노바의 상인), 암브로주올로(피아젠차의 상인), 지네브라(시쿠라노), 술탄, 하녀, 술탄의 시종들, 술 마시는 사람들, 상인 1·2

"제노바의 베르나보는 암브로주올로에게 속아 재산을 잃고 죄 없는 아내를 죽이도록 하인에게 명령한다. 아내는 교묘히 달아나서 남장한 채 이슬람 술탄을 섬긴다. 그러다가 남편을 속인 자를 찾아내고, 남편을 알렉산드리아로 부른다. 속인 자는 그곳에서 처벌받고, 베르나보의 부인은 남편과 함께 제노바로 돌아온다.”

“남을 속이면 자기도 속는다.”는 말이 있습니다. 비슷한 속담으로 “남의 눈에 눈물 나게 하면 내 눈에 피눈물 난다.”는 말도 있고, 저 머나먼 동방에는 ‘새옹지마’란 말도 있어요. 세상일이란 돌고 돌지요. 파리의 한 여관, 외국으로 물건을 팔러 온 이탈리아 상인들이 자기 아내의 정조에 대해 이야기하고 있습니다. 이들이 무슨 말을 하는지 함께 들어보시죠.

상인 1   글쎄, 난 말이오. 내 아내가 지금 어떻게 지내고 있는지 몰라도 젊은 여자가 나 좋다고 들이대면 모르는 척하고 넘어갈 거요.

베르나보   당신은 부인을 사랑하지 않소?

상인 1   사랑하지요. 왜 사랑하지 않겠어요?

베르나보   그런데도 다른 여인을 품겠다고?

상인 1   내게 사랑이란 건 넣었다 뺐다 할 수 있는 것이란 말이죠. 젊고 예쁜 여자가 다가오면 잠깐 넣어 둘 수 있거든요. 하하.

상인 2   하하, 재밌구려. 내 마누라는 아마도 지금쯤 딴 놈을 만나고 있을 거요.

암브로주올로   그건 또 무슨 소리요?

상인 2   동네에 제 아내에게 추파를 던지는 놈이 있어요. 제 아내가
         워낙 예쁘니 그럴 수 있다 쳐도 문제는 내가 느끼기에 둘이
         주고받는 눈빛이 예사롭지 않았거든. 내가 이렇게 멀리 나와
         있으니 옳다구나 하고 눈이 맞았을지도 모르는 일이지!

베르나보   저런! 설마….

상인 2   안 봐도 뻔해요. 뭐, 당신 아내는 안 그럴 거 같소?

베르나보   내 아내는 절대 그럴 사람이 아니오.

상인 2   그럼, 어떤 사람인데요?

베르나보   살림도 잘하는 데다 아름답소. 정리하자면 내조의 여왕이랄
         까. 내가 10년 동안 외국을 돌며 일한다 해도 우리 아내는 절
         대 한눈팔지 않을 거요. 온 이탈리아를 다 돌아봐도 찾을 수
         없는 그런 여자이지요.

암브로주올로   아니, 황제는 왜 내가 아닌 당신한테 그런 특권을 줬단
            말입니까?

베르나보   이건 황제가 준 특권이 아니오.

암브로주올로   그럼 누가 준 특권이오?

베르나보   하느님이 주신 은총이지요.

암브로주올로   허, 참 나! 이런 팔불출은 오랜만이군. 좋소, 당신이 그
            리 자신이 있다면 부인의 정조를 두고 내기를 합시다.

베르나보   무슨 내기 말이오?

암브로주올로   앞으로 석 달 안에 내가 당신 아내를 유혹할 수 있는지

에 대한 내기지요. 내가 이기면 당신이 내게 금화 5000냥을 내놓는 거요.

베르나보   내 아내는 절대 딴 남자한테 넘어갈 사람이 아니라니까.

암브로주올로   자신감이 넘치시는군. 만약 내가 실패하면 당신한테 1000냥을 주겠소. 어떻소?

베르나보는 황당한 제안을 거절하려 했으나, 무료한 일상 속에서 오래간만에 재밌는 구경거리를 찾은 상인들의 등쌀에 떠밀려 내기를 수락하고 말았습니다.

베르나보   좋소.

암브로주올로   분명히 내기를 수락하셨소. 여기 있는 분들이 증인이오!

이후, 급하게 귀국한 암브로주올로는 베르나보 집의 하녀 한 사람을 몰래 돈으로 매수했습니다. 그는 하녀에게 자신을 궤짝 안에 넣어 베르나보의 집에 잠입시켜 달라고 부탁했습니다. 이렇게 베르나보 집에 들어간 암브로주올로, 무슨 짓을 하려는 걸까요?

반나절 이상을 숨죽여 숨어 있던 암브로주올로는 해가 지자, 조심스레 굳었던 몸을 일으켜 궤짝에서 나왔습니다. 그는 주위를 살핀 후 조심스러운 발걸음으로 침실로 향했습니다. 침실에는 베르나보의 아내인 지네브라가 잠꼬대를 하며 몸을 뒤척이고 있었죠. 그녀의 잠꼬대가 멈추기를 기다린 암브로주올로는 서서히 침대로 다가가 이불을 들춘 채 지네브라의 나신을 한동안 자세히 살펴보더니 무언가를 발견하고는 기쁜 미소를 지었습니다. 조심스레 이불을 다시 내려놓은 그는 침대 옆 탁자에 놓인 지갑과 옷, 귀금속 몇 점을 챙긴 채 조용히 집을 빠져나왔습니다. 그로부터 며칠 뒤….

암브로주올로 내가 내기에서 이겼소. 당신 부인을 내 것으로 만들었
       으니 말이오.
베르나보 하, 믿을 수 없소. 증거를 대시오.

암브로주올로는 마치 그렇게 나올 줄 알았다는 듯 웃으며 증거물로 베르나보의 침실에서 훔쳐 온 아내의 물건들을 꺼내놓기 시작했습니다.

암브로주올로 보시오. 부인 게 아니라고는 말하지 못하겠지요?
베르나보 이런 젠장, 맞소.

예상과는 다른 충격적인 결과에 곁에서 구경하던 상인들은 놀라 웅성대기 시작했습니다. 그때, 베르나보가 입술을 꽉 깨문 채 외쳤습니다.

베르나보 하지만! 이건 훔쳤을 수도 있고 아니면 어떤 식으로든 손에
       넣었을 수도 있소. 이것만으로는 내 아내와 잠자리를 같이

했다는 증거는 될 수 없지 않소.

상인 2   그건 그렇지.

상인 1   듣고 보니 그렇네.

암브로주올로   내 그럴 줄 알았소. 그렇다면 잘 들으시오.

내기를 구경하던 모두가 숨을 죽인 채 이어지는 암브로주올로의 말을 기다렸습니다.

암브로주올로   당신 부인은 왼쪽 가슴 아래에 검은 점이 있고 그 주변에는 털이 나 있는데, 특이하게도 황금색 털이오!

누구도 예상하지 못했던 그의 말에 놀란 상인들은 서둘러 베르나보의 눈치를 살폈습니다. 암브로주올로의 말을 들은 베르나보는 충격에 빠져 잠시 말을 잃었지요.

상인 1   세상에, 빼도 박도 못하겠는걸?

상인 2   그러게. 그런 건 옷을 벗기 전엔 알 수 없지. 끝났네, 끝났어.

베르나보   이럴 수가, 정말 내 아내가…!

상인 1   세상에 믿을 여자 없다니까.

상인 2   그러게 말이야. 그렇게 자신하던 베르나보 씨가 졌네요.

베르나보는 절망에 빠진 채 혹시 몰라 준비해 왔던 금화 주머니를 암브로주올로에게 건넸습니다. 암브로주올로는 의기양양한 표정으로 무거운 주머니를 어깨에 멘 채 말했습니다.

암브로주올로 　　형씨네 가정을 파탄낸 것 같아 안타깝지만 원래 여자란 다 그런 거라오. 오늘 술은 내가 사겠소.

베르나보는 분노에 떨며 여관을 나섰습니다. 그는 아내를 죽이라고 본국의 하인에게 명령했죠. 하지만 하인은 차마 인자했던 안주인을 죽일 수 없어 이 일을 지네브라에게 알려주고는 베르나보에게 명령을 이행했다며 거짓으로 보고합니다. 지네브라는 밀려오는 배신감에 울며 며칠을 보낸 뒤, 새로운 사람으로 살아갈 결심을 하고 남장을 합니다. 이름도 시쿠라노로 바꾸고 집을 떠나 뱃사람이 되지요. 시쿠라노는 성실히 일해 선주의 눈에 들었고, 선주와 알고 지내던 알렉산드리아의 술탄에게 발탁되었습니다.

이제 지네브라 아니, 시쿠라노는 막강한 부와 권력을 가진 술탄의 경비대장이 되었습니다. 어느 날 그가 시리아의 한 시장에 들렀을 때의 일입니다.

암브로주올로 　　내가 어떻게 돈을 벌었는지 이야기해 달라고? 간단해. 바보 하나만 속이면 되지. 하하하, 자기 부인이 정절의 대명사인 페넬로페라도 되는 줄 아는 제노바의 상인이 있었어. 자기 마누라는 절대 바람 피우지 않는다고 자신하길래 금화 5000냥을 걸고 그와 내기를 했지. 난 그 집의 하녀를 매수해 밤에 몰래 침실에 잠입했고, 바람났다는 증거를 조작하기 위해 남편만 알 법한 부인의 신체조건 하나를 알아냈다네. 그녀의 가슴엔 황금빛 털이 나 있더군. 그 이야기를 상인한테 하고 내기에 이겼어. 자네들이 내 얘기를 듣는 그 바보의 표정을 봤어야 하는데 하하하.

얼떨결에 사건의 흑막을 알게 된 시쿠라노는 순간적으로 큰 분노에 휩싸였습니다. 당장 달려가 주먹을 들어 암브로주올로를 내리치고 싶은 욕구를 간신히 참은 그녀는 이를 악물고 암브로주올로의 이름을 곱씹으며 시장을 빠져나갔습니다.

궁으로 돌아간 시쿠라노는 술탄에게 인도적 차원에서 타지에서 고생하는 외국의 상인들을 초대해 위로하고 좋은 물건을 사 주자고 제의합니다. 술탄은 그의 말을 듣고 상인들을 초청하지요. 술탄의 명을 받은 시쿠라노는 초대 명단을 꾸리며 암브로주올로와 자신의 남편 베르나보를 추가했습니다.

며칠 뒤, 술탄의 궁에서 상인들을 위한 연회가 열렸습니다. 시쿠라노는 자신의 남편과 암브로주올로를 술탄과 가장 가까운 자리로 배치해 두었죠. 화기애애한 분위기 속에서 술탄은 자신의 곁에 앉아 있는 한 상인의 무용담을 들으며 궁금한 점을 물었습니다.

술탄   그래, 그대는 어떻게 해서 그 많은 금화를 벌게 되었는가?

암브로주올로   장사 수완이 있었고, 무엇보다 신께서 도운 모양입니다.

베르나보   그렇지 않습니다.

술탄   그렇지 않다니?

베르나보   이 사람은 저와 내기를 했습니다. 저는 제 아내가 정조를 지
           키는 여인이라 믿었고, 이 사람은 아니라고 했지요. 저흰 금
           화 5000냥을 걸고 내기를 했고, 이자가 이겨서 저는 그동안
           타지에서 고생하며 번 돈을 모두 잃고 말았습니다. 결과적
           으로, 이 자는 제 아내와 돈을 모두 가져가 버린 것입니다. 상
           인에게 돈이 무슨 의미인지 술탄님께서도 잘 알고 계실 겁니
           다. 게다가 해외에서 활동하는 상인에게 고향의 아내가 얼마
           나 소중한지도요. 저는 제 전부를 잃었습니다.

술탄   그렇다면 암브로주올로가 잘못한 게 없지 않소? 자네에겐
           안된 일이지만 저자는 그저 정당한 내기에서 이겼을 뿐이니.

암브로주올로   그렇습니다. 저는 정당한 내기를 해서 이긴 것뿐입니다.

시쿠라노   저자의 말은 전부 거짓말입니다!

묵묵히 술탄의 뒤에서 경호를 맡고 있던 시쿠라노가 큰 목소리로 외치
자, 연회장의 모든 시선이 그에게 쏠리기 시작했습니다.

시쿠라노 　이자는 베르나보 부인의 침실에 잠입해 그녀의 신체 특징을 알아낸 뒤, 바로 파리로 돌아가 마치 자기가 부인과 동침한 것처럼 거짓말을 한 것입니다.

충격적인 경비대장의 말에 사람들은 모두 충격을 받은 눈치였습니다. 감미롭게 연주되던 음악도 끊긴 채 사람들은 시쿠라노의 이어지는 발언을 기다렸습니다.

시쿠라노 　그러므로 이자는 베르나보 씨를 속이고 그 부인의 명예를 훼손했으며, 결과적으로 베르나보 가문을 파산하게 만들었습니다. 술탄이시여.

술탄 　말해 보라.

시쿠라노 　이 간악한 자에게 사형을 내리시옵소서.

술탄 　흠…. 그건 그렇고 베르나보, 저자는 어떻게 하면 좋을까? 어찌 보면 이 사건의 피해자이면서 가해자이지 않으냐. 생판 모르는 자의 얕은수에 넘어가 사랑하는 아내를 죽이려 했으니 말이다.

시쿠라노 　자신이 오랜 세월 믿고 사랑해 온 아내의 말보다 생판 모르는 남의 말을 믿은 남편 역시 벌을 받아 마땅하나 한 번만 용서해 주시기 바랍니다.

술탄 　그 말이 옳다.

암브로주올로   잠깐! 내가 그랬다는 증거가 있습니까? 술탄의 지위를 이용해 무고한 시민을 마구 죽여도 되는 겁니까? 게다가 저는 외국인입니다! 명백한 죄가 없는데 사형이라니! 국제적으로도 아주 큰 문제가 터질 겁니다!

숨죽인 채 상황을 지켜보던 사람들은 그의 말에도 일리가 있다는 듯 끄덕이며 시쿠라노에게 증거를 요구하기 시작했습니다. 계속되는 사람들의 추궁에 시쿠라노는 여기서 자신의 정체를 밝히기로 결심했지요. 그는 천천히 앞으로 나서며 본 모습을 드러내기 시작했습니다. 모자를 벗고 가짜 콧수염을 제거하자, 긴 머리가 휘날리는 영락없는 아리따운 여인의 모습이 드러났습니다. 이에 사람들은 술렁이기 시작했지요. 살짝 미소를 띤 그 아니, 그녀는 곧바로 웃옷을 찢어 자신의 가슴을 드러냈습니다.

시쿠라노   내가 바로 그 증거다. 나는 시쿠라노가 아닌 지네브라야.

그녀의 돌발 행동에 놀라 고개를 돌렸던 사람들이 술렁대기 시작했습니다. 자세히 보니 암브로주올로가 당당하게 베르나보의 아내가 자신과 바람났다는 증거라고 말하고 다닌 황금빛 털과 점이 확실하게 같은 자리에 자리 잡고 있었기 때문입니다. 이제 명백한 증거가 드러났습니다. 사람들은 분노해 희대의 사기꾼 암브로주올로에게 달려들기 시작했습니다. 이때, 사람들을 제지하며 술탄이 명을 내렸습니다.

술탄   이제 모든 것이 명백해졌다. 여봐라, 저 사악한 죄인 암브로주올로를 언덕의 말뚝에 묶고 온몸에 꿀을 발라라. 그리고 그의 재산을 몰수해 지네브라에게 주어라. 어리석은 베르나보는 나로선 용서할 수 없지만, 그 부인이 간청하니 얼굴에 '아내를 믿자'라고 문신을 새기는 것으로 죄를 사하노라.

지엄한 술탄의 명이 떨어지자, 병사들이 다가와 암브로주올로를 포박한 채 연회장 밖으로 끌고 나가기 시작했습니다.

암브로주올로   놔라, 이놈들아! 나 암브로주올로야. 니들은 내가 졸로 보이냐?

연회장에서 벌어진 사건 이후, 암브로주올로는 몸에 꿀을 바르고 기둥에 묶이는 형벌을 받았습니다. 며칠 뒤, 그는 몸 전체에 벌에 쏘인 채 죽고 말았습니다. 지네브라는 사실 파악도 없이 자신을 죽이라 명령했던 베르나보를 용서하고 두 사람은 예전처럼 부자가 되어 행복하게 살았습니다. 물론, 베르나보는 얼굴에 '아내를 믿자'라는 문신을 새겼기에 다른 곳에 가서 아내의 정절을 두고 내기를 하는 바보 같은 짓은 하지 않았습니다. 그로부터 몇 달 뒤….

베르나보 (들어오는 지네브라를 보며) 아니, 여보. 지금이 몇 신데 이제 들어오는 거요?

지네브라 오랜만에 사촌 언니네 집에서 놀다 들어왔어요.

베르나보 사촌 언니 누구?

지네브라 미드라 언니요.

베르나보 정말이오? 다른 데 있다 온 거 아니고?

지네브라 여보! 아직도 정신 못 차려요? 그때 확 콩밥을 먹였어야 했는데, 용서한 내가 바보지. 아니 지금이라도 늦지 않았지. 내 당장…!

베르나보 잠깐! 미드라 언니라면 내가 잘 알지요. 미드라, 미드라…. 예, 믿을게요. 내 생각이 짧았어요.

· · ·

'믿음 없이 사랑 없다.' 이 명제의 역사는 오래되었습니다. 그리스 신화에는 에로스와 프시케의 사랑 이야기가 있습니다. 에로스는 프시케를 자신의 화려한 궁전으로 데려와 살게 하면서 '절대 내 모습을 보지 말라'는 조건을 내걸지요. 하지만 프시케는 자신을 시기하는 언니들의 꼬임에 속아 잠들어 있는 에로스의 얼굴을 보게 되고, 약속을 어긴 그녀에게 실망한 에로스는 그녀를 떠나지 않습니까?

'아내의 정절'이란 소재도 역사가 깁니다. 『오디세이아』의 주인공 오디세우스는 20년 동안 외국을 떠돌다 돌아와 수절한 아내 페넬로페와 재회하지 않습니까? 21세기를 사는 우리의 눈으로 보면 이런 주제가 불편한 것이 당연합니다. 애인 사이에 믿음을 지키는 일은 한쪽만 잘한다고 되는 것이 아니니까요. 두 사람 모두에게 해당하는 이야기입니다.

독자 중에는 '왜 저자가 많고 많은 이야기 중 이런 에피소드를 골랐을까?' 하는 의문을 품는 분도 있겠지만 배경 설명에서 말씀드렸듯이 『데카메론』은 남녀의 애정과 얽히고설킨 음모, 모험 등이 어우러져 있는 단편집입니다. 현대 관점으로 보면 '정상적'인 이야기보다는 기이하고 별나고 어이없는 이야기가 더 많습니다. 오죽하면 수도사 또는 수도원장이 외부인과 사랑을 나누는 이야기가 단골 소재이겠습니까? 지중해의 태양처럼 열린 마음으로 읽어 주셨으면 합니다.

딸에게 주는
편지

중국 최초의 혁명 기록, 「진섭세가」

이 이야기는 중국 진秦나라 말기의 농민 반란 지도자인 진승의 후손이 오랜 세월 동안 이주해 가며 남아메리카까지 도달했다는 가설하에 쓰였습니다. 진나라의 후예가 실크로드를 거쳐 중앙아시아 → 유럽 → 스페인 → 남아메리카까지 갔다는 허구지요. 이번 이야기의 해설자는 아르헨티나에 정착해 살다 쿠바 혁명에 참가하게 되는 체 게바라입니다.

과도한 가설이라 생각하실 수 있겠지만, 가끔은 엉뚱한 생각이 기발한 이야기의 씨앗이 되기도 합니다. 우리에게 친숙한 영화 〈가디언스 오브 갤럭시〉나 〈어벤져스〉도 어떤 의미에서는 엉뚱합니다. 또, 우리나라에 현존하는 가장 오래된 역사책 『삼국유사』에 담긴 수많은 이야기도 기상천외하지요.

체 게바라는 혁명의 와중에서 책을 읽고 시를 썼을 정도로 낭만적인 사람이었습니다. 그는 생전 딸 일디타에게 편지를 남겼는데, 편지에서 그가 먼 조상인 진승에 대해 이야기하는 내용으로 각색하여 구성했습니다.

진승은 진시황의 폭정 아래 신음하는 백성을 구하겠다는 초심이 있었고 체 게바라 역시 억압받는 민중이 사라지는 세상을 꿈꿨습니다. 게바라의 입을 통해 전해지는 중국 최초의 혁명가 이야기를 들어보시지요.

· · ·

등장인물

체 게바라(해설자, 진승의 후예), 은왕(진승의 젊은 시절), 오광(진승의 친구), 금저(부자집 아들), 장위(진나라 부대장), 일꾼 1

"기원전 209년, 진승은 오광과 함께 진시황의 폭정에 항거하여 거병, 여러 군현을 점령하고 장초張楚를 건국했다. 이후 진승은 1년 만에 부하의 손에 죽임을 당했으나 그의 혁명으로 쇠약해진 진나라는 오래 지나지 않아 멸망의 길로 접어들었다. 진나라는 멸하였으나, 그의 후예는 지금껏 살아남았다…."

사랑하는 딸에게

오늘은 우리 선조 이야기를 해주마. 아빠와 친구들은 그분의 시호를 따

'숨은 왕의 아이들'로 암약했다. 공을 세우되, 상을 마다하고 업을 이루되, 덕은 사양했다. 우리는 이런 전통을 늘 자랑스러워했다.

기원전 3세기, 중국의 변방에서 혁명을 일으켰던 그분에겐 아드님이 있었는데 그는 진 왕조의 추적을 피해 몽골 고원으로 피신했다. 그곳에서 흉노족의 일원으로 오랜 세월을 지냈지. 이후 그의 후손은 일족을 따라 중앙아시아로 이동했고 그 후손의 후손은 온 유럽을 공포에 몰아넣었던 훈족에 속하게 됐다. 그중 더 서쪽으로 간 사람들이 우리의 위대한 조상이란다.

우리의 시조 진승은 본래 초楚나라 양성 출신으로 젊어서 고농雇農이었다. 고농이란 고용살이하는 농민으로 쉽게 말해서 머슴이다. 진승은 어려서부터 큰 뜻을 지닌 분이었다. 그는 계급이 정해진 세상의 이치가 양해되지 않았다. 해가 뜨면 시작해서 질 때까지 그치지 않았던 노동의 짐은 참을 수 있었지만, 같은 해 태어난 이웃집 아이 금저가 죽간을 읽으며 편하게 공부하는 모습만은 참을 수 없었다. 부모로부터 물려받은 신분의 높낮이에 따라 어려서부터 이런 차별을 받고 살아야 하나 한탄하며 밤잠을 설치기도 하셨지.

이후 금저가 자라 아무 노력 없이 관직을 차지하고 하루의 대부분을 주색잡기로 소일하면서도 부유하게 살아가는 모습을 보고 진승은 깊은 생각에 빠졌다. 가만히 살펴보니 양성에서 놀고먹는 몇 사람을 위해서 수만 명이나 되는 백성이 뼈 빠지게 일하고 있었지. 이때부터 그는 큰 뜻을 품기 시작했단다…

금저　　　게으른 것들! 일은 안 하고 뭐 하고 자빠져 있는 거야!

금저가 막대기를 들고 가까이 있던 진승을 내리쳤다. 진승의 이마에서 피가 흘러내렸지. 이를 보고도 금저는 매질을 이어 나갔어. 같이 일하던 이들의 만류로 가까스로 금저의 매질이 멈췄지. 금저는 그를 내리치던 막대를 바닥에 내던지고는 동전을 던졌어.

금저　　　맷값이다! 바보 같은 놈.

오광　　　오늘 내가 저놈을 죽이고 나도 죽는다.

진승　　　참으시게, 동생. 그 분함을 언젠가 제대로 터뜨릴 날이 올 걸세. 맷값이 참 후하군. 이걸로 가서 술이나 좀 받아 오게나.

오광은 평소 진승을 형처럼 모셨어. 오광은 의리가 있었기에 진승이 수모를 당하는 꼴을 보고만 있을 수 없었다. 이런 오광의 기질을 잘 알기에 진승은 어색한 분위기를 돌리기 위해 맷값으로 술을 사 오도록 했단다. 밭둑에 앉아 약주를 한 잔씩 걸친 사람들은 저마다 불평불만을 털어 놓았지. 진승은 가만히 이야기를 듣다가 이렇게 말했어.

진승　　　만일 부귀해진다면 피차 서로를 잊지 맙시다.

일꾼1　　머슴살이하는 주제에 대체 무슨 수로 부귀해진단 말인가?

진승　　　허허, 제비와 참새가 어찌 기러기와 고니의 뜻을 알리오….

기원전 209년, 진나라의 조정에서는 변방 개척을 위해 빈민에게 대대적인 이주를 명했어. 진승은 900여 명의 무리와 변경인 어양으로 가야 했지. 그곳에서 성을 쌓으면서 북쪽을 수비하는 일을 해야 했단다. 진승과 오광은 둔장을 맡아 중대를 이끌었어. 이들이 대택향이란 곳에 주둔했을 때 큰비가 내려 물이 불었다. 장마는 그치지 않았고 며칠씩 이어졌지. 강을 건널 수단이 없었던 진승과 오광의 부대는 시간만 보내야 했지. 당시 진나라의 법은 가혹하기 이를 데 없었다. 나라에서 정한 기한 내에 목적지에 다다르지 못하면 이유를 불문하고 참수형을 당했다. 목을 자르는 참수는 진나라 이전에 주로 반역자에게 내리던 벌이었는데, 진나라 때에 이르러서는 벌금을 내야 할 작은 과실마저 저런 사형에 처하곤 했대. 그 외에도 얼굴에 문신을 하는 경형, 코를 자르는 의형, 뒤꿈치를 자르는 월형, 생식기를 자르는 궁형 등이 있었다 한다. 당시, 궁형을 당한 자가 70만 명이나 되었고 이들은 진시황의 궁궐을 짓거나 임금 없는 노동에 강제 동원되어 기약 없는 징역을 살았다고 하니 그 혹독함을 짐작이나 할 수 있겠니?

진승   지금 도망쳐도 죽고 혁명을 해도 죽는다. 차라리 나라를 위해 큰일을 도모하는 것이 어떤가?

오광이 이에 호응했지. 아빠는 가문의 기록으로 남은 이 대목을 읽다가 눈물을 흘렸다. 진승의 고뇌가 느껴졌기 때문이다. '비는 하염없이 내리고, 부하들은 그만 바라보고 있다. 이제 출발해서 도착해도 죽고, 도망쳐도 죽는다. 어떻게 할 것인가?' 바로 이때가 진승이 세계사에 남는 순간이지. 죽음을 각오하고 영원히 기록 속에 살아 숨 쉬는 것을 결심한 순간 말이야.

백성이 진나라의 가혹한 통치에 고통받은 지 15년째, 진시황은 다섯 집, 열 집을 묶어 서로 감시하게 하고 지식의 보고인 책을 불태우며 학자 460명을 산 채로 묻어 버렸다. 거대한 규모로 지은 병마용갱을 아니? 진시황의 무덤을 위한 장식품이란다. 이걸 만들기 위해 30여 년 동안 수십만 백성의 피와 땀을 허비했지.

기원전 210년, 폭군이 죽자 백성들은 진시황의 장자, 부소가 즉위할 줄 알았다. 부소는 늘 아비에게 폭력적인 정치를 삼가라며 간언했던 어진 성품의 소유자였기에 사람들은 은근히 그가 대를 잇기를 바랐단다. 진시황도 부소에게 황위를 물려준다는 유서를 남기고 죽었지만, 그 자리에 있던 환관 조고의 농간으로 26번째 아들인 호해가 황위를 물려받게 되었단다. 왜? 호해는 어리석고 쾌락을 좋아했기에 조고가 조종하기 쉬웠거든.

호해가 황제가 되고 나서 진나라는 더욱 어지러워졌다. 호해는 자기 한 사람의 쾌락을 위해 국력을 낭비했어. 아방궁 건설을 지속하고, 황제 호위병 유지를 위해 세금을 중과하고, 형벌을 더욱 가혹하게 시행해 백성을 두려움에 떨게 만들었지.

결국, 호해가 군주가 된 지 2년 만에 민중의 분노는 끓어 올랐다. 그러나

전국 각처에 진나라 관리와 군인 들이 감시를 위해 상주해 있었기에 누구도 이 에너지를 혁명으로 승화하지 못했다. 감시, 폭력, 구금 그리고 실종. 사라진 사람들은 시체가 되어 돌아왔고, 살았다는 소식이 들려와도 먼 국경에서 10년 동안 노역을 하고 있던 상황이 많았다. 바로 이때, 혁명의 도화선이 된 사람이 우리의 선조, 진승이다.

역사가 사마천은 이런 연유로 진승을 제후의 반열에 올려놓았다. 그가 쓴 역사서『사기』는「본기」,「세가」,「열전」등으로 나뉘는데「본기」는 왕조의 역사를,「세가」는 왕조와 함께 명멸한 제후국의 역사를 기록해 놓았다.「열전」은 제후가 아닌 귀족이나 일반인에 대한 기록이지. 사마천은 공자 역시「세가」에 끼워 넣었는데, 그가 인식하기에 진승이 공자와 맞먹을 정도로 중요한 인물이라는 의미일 게다.

아무튼, 진승과 오광이 거사를 일으키기로 하고 뜻을 함께할 사람들을 모으며 이동하는 가운데, 그들의 상관이 갈 길을 재촉했단다. 이때 중대에는 다리를 다친 사람이 있어 속도가 느려지고 있었다고 해. 성격이 급한 상관은 그를 채찍으로 내리쳤어.

오광　　거 너무 한 거 아니오? 우리는 지금 최선을 다하고 있소.
상관　　이놈이 어디서 말대꾸야! 꿇어!

오광은 무릎을 꿇은 채 채찍을 휘두르는 상관을 한동안 노려봤다. 그가 다시 채찍을 들어 갈기려는 순간, 진승은 벌떡 일어나 품에 숨기고 있던 단검으로 그를 찔렀어. 순간적으로 기습을 당한 상관은 휘둥그레진 눈을 뜬 채 그대로 말에서 떨어졌지.

오광	형님!
진승	여러분! 우리는 모두 큰비를 만나 어양에 도착할 기일을 어기게 되었습니다. 기한을 어긴 자는 사형을 당하게 되니 우리는 모두 죽을 운명입니다. 설사 죽지 않고 변방을 지키게 된다 해도 열에 아홉은 부역 중에 죽기 마련이지요. 여러분은 용감한 장정 아닙니까? 어차피 죽는다면 세상에 이름은 남기고 죽어야 하지 않겠습니까? 어찌 왕후장상의 씨가 따로 있겠습니까?

역사상 무산자가 최초로 외친 해방 선언이었다. 모인 이들은 가슴이 벅차올랐어. 눈물을 흘리는 사람도 있었지.

| 진승 | 시에 이르기를 "우뚝 솟은 저 남산, 바윗돌이 쌓여 있네. 휘황찬란 벼슬아치여, 온 백성이 그댈 보네." 하였으니 나라를 맡은 자는 조심하지 않을 수 없습니다. 사사로움에 치우치면 천하 사람들에게 죽임을 당할 뿐 입니다…. |

무리는 이어지는 진승의 말을 조용히 기다렸지.

진승　　이제, 혁명합시다. 저 간악한 진 왕조를 몰아냅시다. 한 줌도 안 되는 내시와 부정과 부패에 물든 부역자를 죽입시다. 백성의 고혈을 빨아 연명하는 관리와 가난한 자의 피, 땀, 눈물을 착취해 부유해진 자들을 몰아냅시다. 그리고 머슴과 빈농, 목수와 졸병이 평등한 나라를 세웁시다!

그렇게 진승은 거사의 깃발을 올렸다. 거사를 시작한 지 며칠 만에 전국에서 700여 대의 수레와 수만 명의 병사가 모였다고 해. 진나라에 진저리를 치던 사람들이 자진해서 함께했고, 정의를 원했던 하층민이 알아서 도와주었지. 비록 1년 만에 측근에게 암살당해 혁명을 완성하지 못했지만, 진승은 가난한 농민으로 태어나 가난한 자에게 희망을 심어준 혁명의 우두머리로 우뚝 섰지. 그게 그의 역할이었다.

딸, 아빠가 왜 이렇게 늘 싸우는 모습인지 궁금하겠지. 민중을 착취하고 억압하는 세력은 바이러스와 같다. 항상 긴장해서 대적하지 않으면 우리 정신을 갉아먹고 육신을 죽이며 영혼까지 말살한다. 인류의 역사를 보면 이런 악성 바이러스 같은 수괴들이 수많은 악행을 저질러 왔다. 어떤 이는 나라를 팔고, 어떤 이는 독립을 방해하고, 어떤 이는 민간인을 학살했다. 아시아와 아프리카, 남아메리카가 제국주의에서 해방되고 나서도 그들은 인민을 수탈하고 폭정을 거듭했다.

아빠는 그곳이 아르헨티나든, 쿠바든, 콩고든 혁명이 필요한 곳이라면, 민중이 원하는 곳이라면 어디든 갈 생각이다. 세계 어딘가에서 누군가 부정한 일을 당하고 있을 때, 그것을 느낄 수 있는 사람이 되어라. 그것이 혁명가의 가장 훌륭한 자질이다. 비록 다시 아빠를 보지 못한다 해도 아빠는 늘 널 사랑하고 있다는 걸 잊지 말아라. 사랑하는 딸 일디타야! 부디 우리의 선조, 진승을 본받는 사람이 되어라. 항상 가슴 속에 불가능한 꿈 하나쯤은 놓치지 말고 간직하렴.

볼리비아의 어느 산에서, 아빠가.

● ● ●

진승의 자는 섭涉으로 사마천은 『사기』에 「진섭세가」를 남겼습니다. 「세가」는 제후들의 기록입니다. 제후는 천자인 황제에 의해 지역의 왕으로 임명된 사람을 말합니다. 사마천은 정식 절차를 거치지 않았으나 그 영향력이 제후 못지않다 하여 「세가」에 진섭의 이야기를 끼워 넣었습니다. 이런 식으로 「세가」에 편집된 사람은 진섭과 공자 둘뿐입니다. 사마천이 진승을 높게 평가한 것이지요.

진승은 천민 출신으로 진나라에 항거했습니다. 당시 진나라는 과도한 형벌과 부역으로 백성들이 도탄에 빠져 있었습니다. 사람들은 분열된 대륙이 하나로 통일되면 생활이 안정될 줄 알았으나, 진시황은 철저한 법 중심의 억압 통치의 길로 나아갔습니다. 분서갱유로 대표되는 공포정치를 펼쳤지요. 당시 견디다 못한 민심은 들끓고 있었기에 마침 진승이 반기를 들자 그 세력은 들불처럼 번졌습니다. 순식간에 그의 수하를 자처하는 수만의 장정들이 모여들었지요. 진승은 오광과 함께 혁명을 일으켜 장초라는 나라를 세웠습니다. 진승이 항거하면서 내뱉은 첫마디가 "왕후장상에 어찌 씨가 따로 있으랴!"입니다.

따지고 보면 훗날 한(漢)나라를 건국한 유방은 작은 시골 마을의 평민 출신이었고, 우리에게 강태공이라는 명칭으로 익숙한 태공망은 수십 년 동안 무직자이자 가난뱅이였습니다. 그러니 진승의 구호가 틀린 것은 아닙니다.

진승이 봉기한 지 약 2200년이 지났습니다. 모두가 평등해졌다는 지금, 세상이 많이 바뀌었나요? 여전히 왕후장상의 씨가 따로 있는 것 같지 않습니까? 그 씨는 돈이라는 양분을 먹고 자라는 것 아닐까요?

■ ■ ■ ■ ■

맹승 복음,
겸애로 살라

사랑의 철학자, 묵자

묵자는 전국시대의 철학자로 이름은 적翟입니다. 기원전 479년에 태어나 기원전 391년에 세상을 떠난 것으로 추정되는 그는 목수로 생계를 이어가며 겸애兼愛의 중요성을 강조한 반전·평화주의자였습니다.

우리나라에서 처음으로 『묵자』를 완역 출간해 묵자 전문가로 널리 알려진 기세춘 선생은 묵자를 예수에 비교하기도 합니다. '사랑이 모든 문제를 근본적으로 해결해 준다'는 생각이 두 성인에게 공통적인 요소였기 때문입니다. 2000여 년 전이나 지금이나 우리는 사랑에 목말라하는 존재임은 틀림없습니다.

묵자가 죽은 뒤에 남은 제자는 180여 명에 이르렀습니다. 그들은 농민을 비롯해 나무를 다루는 목공, 도자기를 빚는 도공, 철을 다루는 철공, 가죽을 다루는 혁공 같은 전문 기술자 집단이었습니다. 이들을 이끌던 지도자를 거자^{巨子}라 했는데 '거'는 장인이 손에 규구('ㄱ' 모양의 자)를 들고 있는 모습에서 비롯된 글자지요.

이어지는 이야기는 묵자의 제자였던 해설자가 선생을 추억하며 들려주는 형식으로 구성된 픽션입니다. 그럼 함께 춘추전국시대로 떠나 보시죠.

· · ·

등장인물

묵자, 공수자, 초왕, 현당자, 제자, 공맹자, 도둑

묵 선생은 일찍이 깨달음을 얻으시고 노동자, 농민, 묘지기 등 신분의 고저를 따지지 않고 많은 이를 널리 제자로 삼으셨습니다. 학문이 깊어 초^楚나라와 월^越나라 왕이 봉지를 주며 가신으로 삼으려 했으나 거절하고 평생 몸을 쓰며 일하기를 그치지 않으셨지요. 선생께서 말씀하셨습니다.

묵자　　세상의 군자들은 개나 돼지를 잡으라고 하면 할 줄 모른다고 사양한다. 그런데 한 나라의 재상이 되라고 하면 능력이 없으면서도 앞다투어 하려고 한다. 어찌 도리에 어긋나지 않는가?

관직을 준다고 덥석 받아들이는 선비도 잘못이나 이를 제안하는 군주의 행태는 어떠한가? 임금은 양을 손질할 줄 모른다면서 칼을 잘 쓰는 요리사를 찾는다. 옷감을 잔뜩 가지고 있지만 옷을 지을 줄 몰라 솜씨가 좋은 재단사를 찾지. 천하제일의 명마가 병들면 탈 줄은 알아도 낫게 하는 방법은 모르는 그는 수의사를 찾는다.

이것뿐인 줄 아는가? 그가 지닌 명검의 날이 상해도 고칠 줄 몰라 솜씨 좋은 장인을 찾지 않는가?

임금은 이런 일을 맡길 때 비록 친인척이거나 부자이거나 총애한다 해도 실제 그 일을 할 능력이 없음을 안다면 일을 맡기지 않을 것이다. 귀한 양이나 말, 검을 망칠까 두려워서이다. 그러나 그보다 더 귀한 나라를 다스리는 데는 그러지 못하다. 친인척이나 연고가 있거나, 부자이거나 총애하는 사람을 등용하여 쓴다. 그렇다면 그가 나라를 대하는 것이 한 마리 양이나 병든 말, 옷감이나 검 한 자루만도 못한 것이다!

| 왕 | 그럼 현명한 인재를 모으려면 어떻게 해야 합니까? |
| 묵자 | 반드시 부유하고 귀하게 하고 명예를 높여 주시오. 그렇게 대우하는데 인재가 오지 않을 리 없소. |

묵 선생의 조언에도 당시 왕들은 수레를 꾸미고 궁성을 높이며 후궁의

선물을 사는 데 금을 아끼지 않았으되, 현명한 군자를 모으는 데는 금 쓰기를 아까워했습니다. 안타까운 일이죠. 이러니 그들 나라의 국운이 오래갈 수 있었겠습니까?

또, 묵 선생은 나무를 다루는 일을 즐겨 하셨으나 반드시 사람을 위해 하셨습니다. 하루는 노ᴺ나라의 장인 공수자가 나무를 깎아 까치를 만들었다고 합니다. 이를 하늘에 날려 보내니 사흘 동안 날았다며 공수자가 허풍을 떨자, 묵 선생이 말씀하셨습니다.

묵자 　그대가 하늘을 나는 까치를 만든 것은 목수가 수레의 굴대를 만든 것만 못합니다. 잠시 시간을 들여 세 치의 나무를 깎아 수레에 끼우면 50석의 짐을 실을 수 있습니다. 사람의 공이라는 것은 사람에게 이로운 것이어야 합니다. 그럴 때 훌륭한 기술이라 하는 것이고 사람에게 이롭지 않은 것은 옹졸하다 하는 것입니다.

공수자 　부끄럽습니다. 저는 어떻게 하면 좋겠습니까?

묵자 　앞으로 사람을 위해 기술을 쓰시오.

묵 선생은 목공 기술을 널리 전파하시고 제자를 기르셨는데, 그들에게 성을 세우고 전략적으로 수비하는 법도 가르치셨습니다. 이는 군왕이 욕심 때문에 전쟁을 일으키매 그 전장에 많은 백성이 나가 목숨을 잃는 것을 가슴 아파하셨기 때문입니다.

한 번은 초나라 왕이 송※나라를 공격하려 했습니다. 초나라는 강하고 송나라는 약하니 한 번 공격에 송나라 사람 수천이 죽을 지경이었습니다. 전쟁이 있기 전에 묵 선생은 제자 300명을 모아 송나라를 돕게 하고 초왕을 찾아가 물었습니다.

묵자   비단옷을 입고서 이웃이 입은 해진 옷을 빼앗으려는 사람이 있습니다. 이런 사람은 어떻습니까?

초왕   어리석은 사람이오.

묵자   금으로 박은 수레를 갖고 있으면서 이웃의 낡은 수레를 빼앗으려는 사람은 어떻습니까?

초왕   미친 사람이오.

묵자   초나라는 사방 5000리이고 송나라는 사방 500리입니다. 초나라가 송나라를 치려 함이 이와 같습니다. 대왕께서 송나라를 공격하면 의만 상할 뿐 송나라를 차지할 수 없습니다. 저의 제자들 또한 직접 무기를 들고 송나라 성을 지키고 있습니다.

초왕   선생의 제자 몇 명이야 두렵지 않으나 선생이 그리 말씀하시면 짐이 어찌하겠소? 송나라를 치지 않으리다.

묵 선생이 기뻐하며 물러나 제자들에게 소식을 전하기 위해 송나라로 향했습니다. 송나라에 들어서자마자 비가 내리고 날이 저물어 작은 성안에 머물고자 하였습니다. 그러나 성의 문지기가 선생을 몰라보고 입성을 금지했지요. 선생이 웃으며 말했습니다.

묵자   허허, 옛날에 공자께서 "상갓집 개와 같다."는 말을 들으심이 이와 같구나.

묵 선생이 용기를 내 초나라 왕과 단판을 지은 것은 옛사람이 예언하기를 "사람들은 신처럼 다스리는 사람은 몰라보고 싸움에 밝은 자만 알아본다." 하였으니 이를 이루시려 함이었습니다.

또 다른 일화를 살펴보겠습니다. 묵 선생이 위衛나라에 가서 유세할 때 수레 속에 많은 책을 싣고 있었습니다. 그것을 본 현당자가 이상히 여겨 물었습니다.

현당자   선생님께서는 제자들에게 "다만 옳고 그른 것을 헤아릴 따름이다."라고 하셨는데 지금 많은 책을 싣고 계시니 어찌 된 일입니까?

묵자   옛날 주공 단周公 旦은 매일 아침 100편의 글을 읽고 저녁에 선비 열 명을 만났다. 머리를 감다가도 세 번이나 감아올리고 손님을 맞았으며, 밥을 먹다가 세 번이나 토해 내고 군자를 맞이했다. 그래서 주공 단은 천자를 보좌하는 재상이 됐고 오늘까지 사람들은 그를 지극히 공경한다. 나는 위로 섬겨야 할 임금이 없고 아래로 농사를 지어야 하는 어려움도 없으니 어찌 그가 하던 일을 하지 않겠는가?

현당자   저도 선생님 말씀을 받들어 공부를 게을리하지 않겠습니다.

선생은 제자를 가르침에 수단을 가리지 않으셨습니다. 예를 들어 볼까요? 문하에 신체 건강하고 머리가 영특한 자가 있었으나 배우려 하지 않았습니다.

묵자   나를 따라 배우면 1년 뒤에 자네를 관리로 출사시켜 주겠네.

제자   알겠습니다.

그로부터 1년이 지났고, 그 제자는 선생께 말했습니다.

제자   약속하신 1년이 지났습니다. 관직을 구해 주십시오.

묵자   노나라에 다섯 형제가 있었네. 아버지가 돌아가셨으나 장남은 술독에 빠져 장사조차 지내지 않았지. 넷째 동생이 형에게 말하기를 "장례를 치르고 나면 술을 크게 사겠소." 했네. 장사를 치르고 나서 형이 동생에게 술을 사라고 하니 동생은 "부친의 장례를 치름은 형에게도 옳은 일이요, 나에게도 옳은 일인데 어찌 내가 형에게 술을 사야 하오?"라고 답했지.

제자   그건 동생 말이 맞네요. 자식으로 마땅히 할 일을 했을 뿐인데 형이 동생에게 뭘 또 받으려 합니까?

묵자   그렇지?

제자   그렇지요.

묵자   너는 어떤가? 너도 받을 것을 받았느니라.

제자   아! 무슨 말씀인지 알겠습니다. 선생님께 배운 것이 이미 많
        으니 관직보다 귀하군요.

선생의 학문이 깊어 함부로 공격하는 자가 없었으나 유독 유가 학파 만
이 도발하곤 했습니다. 유자인 공맹자가 하루는 말했습니다.

공맹자   귀신은 없습니다.

그가 다음 날에 또 말했습니다.

공맹자   군자는 제사 지내는 예절을 반드시 배워야 합니다.

선생은 이를 들으시고 말씀하셨습니다.

묵자   귀신은 없다고 말하면서 제사 예절을 배워야 한다고 주장함
        은 마치 손님은 없지만 손님을 접대하는 예는 배워야 한다는
        말과 같고, 물고기는 없지만 그물을 만들라고 하는 것과 같

은 것이오.

공맹자는 선생의 말에 이렇다 할 대꾸 없이 금을 타기 시작했습니다.

묵자   무엇 때문에 음악을 하오?

공맹자   즐겁기 때문에 음악을 합니다.

묵자   그대는 올바른 대답을 하지 않았소. 지금 내가 "무엇 때문에 집을 짓습니까?"라고 물었다면 "겨울에 추위를 피하고 여름에 더위를 피하며 남녀를 분별하기 위해서입니다."라고 답해야 올바를 것이오. 내가 "무엇 때문에 음악을 하느냐?"고 물었는데 "음악이 즐겁기 때문에 음악을 한다."고 답하는 것은 "무엇 때문에 집을 짓는가?"라는 질문에 "집을 지으려고 집을 짓는다."라고 답하는 것과 같소.

공맹자   선생님 말씀이 맞습니다. 제 생각이 짧았습니다.

선생께서는 운명을 믿지 않으셨습니다. 즉, 가난하고 부유한 것, 오래 살거나 일찍 죽는 것, 다스림에 어지럽고 안정된 것이 모두 미리 정해져 있다는 것을 믿지 않으셨습니다. 사람의 노력으로 더하고 덜할 수 있다고 믿으셨지요.

묵자   운명을 믿기에 윗사람은 잘 다스릴 방법에 귀 기울이지 않고 아랫사람은 열심히 일하여 삶을 개선하려 하지 않는다. 이것은 가히 천하를 해치는 일이다.

선생은 또 말씀하셨습니다.

묵자   서로 사랑하라. 이를 겸애라 하니 모든 이를 차별 없이 사랑한다는 의미이니라. 시대의 혼란이 서로 사랑하지 않는 데서 생기나니, 자식이 저만 사랑하고 아버지를 사랑하지 않으면 아버지를 막 대하고 자신만 이롭게 하고, 동생이 저만 사랑하고 형을 사랑하지 않으면 형을 막 대하고 자신만 이롭게 한다. 신하와 왕도 서로 사랑해야 하거늘 그렇지 않아 혼란이 생긴다.

선생이 어느 날 도둑질하다 잡혀 온 사람을 만났습니다.

묵자   그대는 왜 죄를 지었는가?
도둑   지금 대신은 자신만 사랑하고 왕을 사랑하지 않으며 왕도 자신만 사랑하고 백성을 사랑하지 않습니다. 저 역시 내 집을 사랑하되 남의 집은 사랑하지 않아 남의 집 것을 훔쳐 내 집을 이롭게 하는 것입니다. 이 둘이 어찌 다릅니까?
묵자   아, 왕들은 본인 나라는 사랑하면서 다른 나라는 사랑하지 않는다. 그러기에 다른 나라를 공격함으로 자기 나라를 이롭게 한다. 결국, 국제 정세도 이 도둑과 같은 마음으로 움직이지 않느냐? 천하가 겸애한다면 나라와 나라는 서로 공격하지 않을 것이며, 가문과 가문은 서로 어지럽게 하지 않겠구나. 도둑과 강도는 없어질 것이오, 왕과 신하, 아비와 아들은 모두 자비롭고 효성스러울 것이다. 이처럼 된다면 천하는 태평하리라. 그러니 어찌 사랑을 권하지 않겠는가?

어느 날 제자들이 "어떻게 사랑해야 합니까?"라고 물으니 선생께서 말씀하셨습니다.

묵자   사랑을 마음에 간직만 해선 안 된다. 손끝, 발끝에 이르기까지 두루 통하고 살갗까지 스며들어야 하고 머리가 희어지고 빠질 때까지도 없어지지 않아야 한다.

선생은 검은 머리가 파뿌리가 될 때까지 사랑을 나타내고 표현해야 한다 하셨습니다. 그러니 겸애의 길은 얼마나 멀고 험합니까?

· ■ ■

고대 중국의 춘추전국시대는 수많은 사상가가 활동했던 시기입니다.

사람이라면 마땅히 갖추어야 할 네 가지 성품으로 잘 알려진 인의예지仁義禮智로 교화해야 한다는 유가, 무위의 삶을 주장한 도가, 농업을 중시했던 농가, 법으로 다스려야 한다는 법가 등 여러 사상이 이때 등장했죠. 여러 학파를 지칭하는 '제자백가'는 혼란했던 시대에 대한 현인들 나름의 대답이었습니다.

묵자는 이들 중 가장 특이한 위치에 있습니다. 목수로서 단순한 가재도구를 만드는 수준을 넘어 토목의 장인이었던 그는 성을 공격하거나 방어하는 무기도 만들 수 있을 정도로 실력이 뛰어난 목공이었습니다. 실용적 기술을 갖고 생활의 방편으로 삼는 동시에 '겸애'라는 사상으로 세상을 지키려 했습니다. 순진한 사랑이 아니라 철학이 있고 구체적 실천 방안도 있는 사랑이었습니다.

하지만 묵자의 사상을 적용하기에 그가 살았던 시대는 너무 거칠고 험했습니다. 전쟁과 갈등이 그치지 않았고, 무엇보다 급변하는 시기였습니다. 때문에 "사랑으로 서로를 대하라."는 그의 외침은 피지 못한 꽃이 되었습니다. 역사를 돌이켜 보면 갈등 없고, 급변하지 않는 세상은 없었습니다. 사랑이 꽃피는 시대는 불가능한 것일까요?

4장

기묘한 장르,
의외의 스토리

하백의
신부

미신을 몰아낸 서문표, 『동주열국지』

춘추전국시대의 역사를 쉽고 재미있게 알려주는 책이 있습니다. 바로 명明나라 말기의 문장가 풍몽룡이 쓴 『동주열국지』입니다. 주周나라가 서쪽의 융족에게 쫓겨 도읍을 호경에서 동쪽의 낙읍으로 옮긴 것이 기원전 770년이지요. 진시황이 중원을 통일한 것은 기원전 221년이고요.

이 두 사건 사이를 '동주시대'라 하고 춘추전국시대라고도 부릅니다. '춘추'는 공자가 엮은 노나라 역사서에서, '전국'은 한나라 유향이 쓴 책략 모음집 『전국책』이란 단어에서 따온 것입니다. 진나라가 한, 위, 조趙나라로 삼분되는 기원전 403년을 기준으로 '춘추'시대가 저물고 '전국'시대로 넘어가게 됩니다.

『동주열국지』에는 주유왕과 포사부터 강태공, 제환공, 관중과 포숙, 오자서, 진시황을 비롯해 공자에 이르기까지 춘추전국시대 인물에 대한 100여 편의 이야기가 실려 있습니다. 초등학생도 읽을 수 있을 정도로 쉽게 쓰여 있기에 역사를 어렵게 느끼는 독자도 가볍게 훑어볼 수 있지요.

주지육림酒池肉林(술이 연못을 이루고 고기가 숲을 이룬다), 천금소매千金笑買(천금의 돈으로 웃음을 산다), 이자승주二子乘舟(두 아들이 배를 타다) 등 200여 개의 고사성어를 배울 수도 있고 『시경』에 등장하는 노래의 뒷이야기도 알 수 있습니다. 중국 고전이 어렵게 느껴지는 분들은 한번 읽어 보시길 권합니다.

이어지는 이야기에서는 강의 신에게 제사를 지낸다는 명목으로 백성을 착취하던 무당과 관료들을 보기 좋게 혼내 준 현명한 관리 서문표를 소개합니다.

▪ ▪ ▪

등장인물

서문표, 처녀, 대무, 소무 1·2·3, 촌장, 관료들, 군졸들, 마을 사람들

처녀   내 나이 열여덟. 꽃다운 나이이나 피어나지 못하고 지는구나. 우리 위나라의 도읍 업성을 흐르는 장수의 신 하백이 처녀를 좋아하여 매년 희생 제물을 인신 공양하니 그러지 않으면 하백은 가뭄이 들게 한다지. 해마다 큰무당 어르신이 봄

이 되면 집마다 돌며 아리따운 아가씨를 골라 하백의 신부가 되게 하는 걸 보며 자라 왔는데, 그 불쌍한 언니들이 내 미래일 줄이야. 우리 집이 돈이 있는 집안이었다면 돈을 주어 그 혼인을 막았을 테고, 쌀이 있는 집안이었다면 쌀을 주어 딸을 지켰겠지. 하나 나 같은 천애 고아는 믿을 것이 몸 하나…. 이제 이 몸을 바쳐 업성의 백성을 지키리라.

어느 화창한 봄날, 제물로 선정된 처녀가 포박된 상태로 강물 앞에 서서 말했습니다. 처녀는 어느 정도 마음 정리를 한 듯, 담담한 표정이었지요. 그 순간, 멀리서 한 사내가 외쳤습니다.

서문표   잠깐! 그 처녀 얼굴을 좀 보자.

소리의 주인공은 바로 고을에 새로운 관리로 부임하게 된 서문표였죠. 처녀 앞에 선 그는 그녀의 면사포를 올리는 척하며 귀에 대고 조용히 속삭였습니다. 처녀는 놀라더니, 고개를 끄덕였습니다.

서문표   이 처녀는 안 되오! 하백께서 한 해의 풍년을 책임지시는데 이렇게 범상한 처녀를 보낼 수는 없소. 더 자태가 곱고 어여쁜 여인을 보내는 게 좋을 것 같소.

갑작스러운 그의 말에 행사를 준비하던 사람들은 크게 당황해 술렁이기 시작했습니다.

대무	그 아이는 내가 특별히 선택한 바 있소. 어디가 어떻게 문제란 말이오?
서문표	대무께서는 이 아이의 무엇을 보고 뽑았습니까?
대무	그 아이는 부모가 없어 희생되어도 슬퍼할 사람이 없고, 가진 돈이 없어 죽고 나서도 재산을 차지하겠다는 이가 없으며 정혼자가 아직 없어 아쉬워할 남정네 또한 없소. 이야말로 하백에게 바칠 가장 완벽한 조건이오.
서문표	하백이 여인을 좋아한다 하셨지요?
대무	그렇소.
서문표	왜 그렇지요?
대무	그야⋯ 하백 님이 남신이라 그렇지요.
서문표	그렇군요. 그렇다면 하백이 박색을 좋아하겠습니까?
대무	에이, 그분도 우리처럼 보는 눈이 있으실 텐데 그건 아니지.
서문표	아름다운 처자를 좋아하지 않겠습니까?
대무	뭐, 아무래도 그렇겠죠.
서문표	내가 보기에 이 처자는 박색은 아니지만, 미색도 아닙니다. 이 정도로 하백이 만족할 리가 없습니다.
대무	어허, 이 양반이 뭘 안다고 그리 판단하는 거요? 그래서 지금

내 선택이 틀렸다는 것이오?

촌장   아이고, 나리. 초행이라 모르시나 본데, 우리 고을은 지난 30년 동안 대무님이 모든 행사를 주관해 오셨소. 관헌이나 고위 관료라 해도 희생될 처녀 선택에 대해 왈가왈부 하지 않았어요. 나도 퇴직 전에는 아랫마을에서 나랏밥 먹던 사람이었어요. 대무님이 '라떼는 말이야' 하고 말씀하시면 무슨 일이든 간에 무조건 따르곤 했어요. 거, 사또 녹봉 얼마나 되오? 대무님이 행사 치르고 남으면 우리한테 수고한다고 비단도 보내고 삼베도 보내고 그랬단 말이지? 그 수입도 녹록하지 않아요. 아, 좋은 게 좋은 거 아닌가? 젊은 사람이 말이야. 그냥 넘어가요.

서문표   허! 아주 대놓고…. 내가 보기엔 하백이 아무래도 이 처녀를 맘에 들어 하지 않을 것 같소. 그러니 대무님이 하백에게 이 처자가 괜찮은지 직접 물어보고 오셔야겠소.

서문표가 턱짓을 하자, 군졸 서넛이 몰려들어 대무를 들어 올렸습니다.

대무   뭐 하는 짓이냐! 놔라!

군졸들은 발버둥 치는 그를 재빨리 옮겨 강에 빠뜨렸습니다. 순식간에 벌어진 일에 군중들이 놀라 웅성대기 시작했습니다. 대무가 빠진 강물을 응시하던 서문표는 하백을 만나러 간 대무를 기다리자며 사람들을 잠시 뒤로 물렸습니다. 그로부터 두 시간 뒤….

서문표	벌써 한 시진이 지났는데 대무님이 돌아오지 않는 걸 보니 얘기가 잘 안 되는 모양이다. 아무래도 젊은 제자들이 가서 이야기해야 할 것 같구나. 여봐라!
군졸들	예!
서문표	저 소무를 하백에게 보내라!
소무 1	자, 잠깐만요. 저는 수영을 못 해요! 으아악…!

군졸들은 첫째 소무도 강물에 빠뜨렸습니다. 잠시 뒤….

서문표	두 분이 가도 문제가 해결되지 않는가 보다. 여봐라!
군졸들	예, 나리!
서문표	모두 가서 도와야 하지 않겠느냐. 남은 자들을 모두 하백에게 보내거라.
군졸들	예!
소무 2	으악! 살려 주세요!
소무 3	헤헤, 한 명쯤은 뭍에서 기다리고 있어야 하지 않겠습니까. 놔, 놔라! 으아악!

행사를 준비하던 무당을 모두 강에 빠뜨린 서문표는 여유롭게 강가를 서성이며 가끔 물속을 들여다보기 시작했습니다. 이를 보며 겁에 질린 촌장은 부들부들 떨었지요.

서문표   음…. 대무와 소무들이 떠난 지 여러 시진이 지났는데도 소식이 없구나. 아무래도 촌장님이 직접 가 주셔야겠습니다.

서문표의 말에 군졸들은 촌장을 에워싸기 시작했습니다.

촌장   아, 아까 제가 예의에 어긋난 행동을 했다면 사죄하겠습니다. 뭐야, 이거 놓지 못해! 이러는 거 아냐. 젊은이, 나도 한때는 관직에 몸담았었다구! 자네는 전관예우란 말도 들어 보지 못했나? 이봐, 문표! 으악…!

촌장의 계속되는 비굴한 행동을 무시한 채, 서문표는 결국 촌장을 물에 빠뜨렸습니다. 촌장의 뒤에 서 있던 관료들은 혹여 자신에게도 차례가 올까 사색이 되어 있었죠.

서문표   행사를 관리하던 관계자들은 들으라!
관료들   예, 예!
서문표   이번에는 너희들이 가겠느냐?

관료들	죽여 주시옵소서.
서문표	허허, 기특하군. 안 그래도 그러려 했어. 여봐라!
관료 1	아니, 제 말은 그게 아니고요.
관료 2	목숨만은 살려 주십쇼.
관료 3	다시는 안 그러겠습니다요.
서문표	너희는 나라의 녹을 먹는 자로서 어찌 백성을 위하지 않고 망령된 무당의 말을 좇아 사람을 죽이고 부정한 돈을 받아먹었단 말이냐?
관료들	죽을죄를 지었습니다…. 한 번만 살려 주십시오.
서문표	이놈들, 너희가 너희 죄를 알렸다!
관료들	그러문입쇼.
서문표	앞으로는 백성을 위하고 부정한 짓을 저지르지 않겠다고 맹세하느냐?
관료들	맹세합니다요.

관료들의 다짐을 받은 서문표는 이번에는 백성들을 향해 말했습니다.

서문표	잘 들으시오. 제물이 아니라 사절로 보내도 한 번 물에 빠진 사람은 다시 돌아오지 않는 걸 두 눈으로 보셨을 겁니다. 장수 어디에 하백이 있단 말입니까? 함부로 민간의 여자를 죽게 한 무당들과 이를 방관한 촌장은 모두 죽어 마땅합니다.

또한, 협조한 관료들도 죽어 마땅하나 이들은 이번 한 번만 용서하되 다시 이런 짓을 하면 그땐 추호도 용서하지 않겠습니다. 이들의 잘못은 제가 여러분께 대신 사과드립니다.

그리고 이 처자에게는 부모가 없으니 제가 수양딸로 삼아 가족처럼 살아가겠습니다. 관료들은 들으라.

관료들   예!

서문표   그간 업성의 주민들이 얼마나 마음고생이 심했겠느냐. 오늘은 창고를 풀어 고기와 술을 마련하여 주민들에게 베풀도록 하라.

관료들   예, 분부 받들겠습니다.

서문표   무당 할멈은 벌써 죽었다. 지금부터 또다시 하백에게 처녀를 시집보내고자 하는 자가 있으면 그자를 중매쟁이 삼아 하백에게 먼저 보고하러 보낼 것이다.

관료들   예!

토착 세력의 폭정에 시달리던 백성들은 중앙에서 진정 백성을 위하는 현명한 관리가 내려왔다며 서문표를 칭송하며 환호하기 시작했지요.

처녀   이리하여 저는 나리의 수양딸이 되었습니다. 이후 아버님은 비가 새는 집에 사는 이들을 대무의 집에 살게 했습니다. 대무의 집 창고에서 나온 돈과 보물은 장부를 대조하여 그것을 바친 민간인에게 모두 되돌려 주었습니다.

이후, 아버님은 마을 사람을 만나면 늘 말씀하셨습니다. "사람을 취하는 하백은 없으며, 사람을 죽이는 신은 없다."고 말이죠. 아버님이 부임하신 뒤로 처녀를 죽여 하백의 신부를 삼는 악습이 없어졌고, 무당과 아전이 짜고 백성의 고혈을 짜는 폐습이 사라졌습니다. 이제 업성은 산 사람을 제물로 바치던 흉흉한 고을에서 살기 좋은 고장이 되었으니, 이 어찌 아버님의 공이 아니겠습니까?

⬩⬩⬩⬩

위나라의 초대 군주인 문후는 업성 수령으로 서문표를 임명합니다. 서문표는 이곳에 부임해 미신을 타파하고 악습을 없애는 정책을 펼쳤습니다. 생각해 보십시오. 21세기라는 지금도 역술과 부적을 믿는 사람이 차고 넘치는데 약 2500년 전에 무당이 하는 말을 그대로 믿는 백성이 얼마나 많았겠습니까?

미신도 정도껏 해야 합니다. 사람을 제사의 희생물로 삼는 것은 시대를 막론하고 있어선 안 되는 일이지요. 서문표가 악습을 없애자 업성은 다시 활기를 되찾았습니다. 그는 유능한 행정가였습니다. 홍수를 다스리고 농지에 물을 공급할 수 있도록 관개 사업을 펼치고 군사력을 강화했으며, 농업 생산력을 높였습니다.

청렴한 서문표는 고위 관리에게 뇌물을 바치지 않아 관직에서 쫓겨나리라는 소문이 돌았습니다. 이 소식을 접한 서문표가 뇌물을 주니 인사고과를 높게 평했다는 이야기가 있습니다. 서문표는 위문후에게 사직서를 내며 뇌물 받는 관리부터 없애라고 충언했다지요. 동서고금, 민중의 피를 빨아먹는 탐관오리가 문제네요. 썩은 공직자와 정치인부터 하백에게 보내야 할 텐데 말입니다.

미다스가
경문왕이 되기까지

『삼국유사』&『변신 이야기』

로마의 시인 오비디우스의『변신 이야기』에는 다음과 같은 이야기가 있습니다.

신의 축복을 받아 손에 닿는 그 무엇이든 황금으로 만들었던 소아시아의 왕 미다스는 음악의 신 아폴로와 숲의 신 판이 벌인 악기 연주 대결에서 판의 편을 들었지요. 이에 화가 난 아폴로의 저주로 미다스는 당나귀의 귀를 갖게 되었습니다. 이 사실을 알게 된 미다스 왕의 하인은 외진 곳으로 가 구덩이를 파고는 "왕의 귀는 당나귀 귀"라고 소리쳤어요. 얼마 뒤 그곳에 갈대가 자랐는데 바람이 불 때마다 "왕의 귀는 당나귀 귀"라는 메아리가 들려왔답니다.

신기하게도 일연의『삼국유사』에서 이와 비슷한 이야기를 찾아볼 수 있습니다.

"(경문왕이) 왕위에 오르자 왕의 귀가 갑자기 길어져서 나귀의 귀처럼 되었는데 왕후와 궁인들은 모두 이를 알지 못했고 오직 복두장 한 사람만 이를 알고 있었으나 (중략) 죽을 때에 도림사 대밭 속 아무도 없는 곳으로 들어가서 대를 보고 '우리 임금의 귀는 나귀 귀와 같다.' 하고 외쳤다."

어떻게 이런 유사한 이야기가 생겨난 것일까요? 그리스 신화가 신라에까지 전해지기라도 했을까요? 이어지는 이야기에선 경문왕과 신라의 귀족이 쓰던 두건을 만들던 기술자인 복두장 이후 세대에서 벌어지는 일을 통해 비슷한 두 설화가 탄생하게 된 과정을 각색해 다루어 보겠습니다. 그럼, 함께 통일신라로 떠나 보시죠.

· · ·

등장인물

왕(헌강왕, 경문왕의 아들), 복자(복두 장인의 아들), 민공, 주지, 궁인들

신라의 제49대 왕이자 경문왕의 아들이며, 불교에 깊이 심취해 있던 헌강왕은 선친의 복두를 책임지던 복두장의 아들이 도림사의 나무를 무단으로 베어 갔다는 사실에 분노하여 그를 잡아들이라는 명을 내렸습니다.

민공	전하, 복두장의 아들을 대령하였사옵니다.
왕	들라 하라.

복자는 왕의 명령에 최대한 시선을 피한 채 종종걸음으로 와 넙죽 엎드렸습니다.

왕	민공은 추문하라.
민공	예, 전하. 그대가 도림사의 산수유나무를 무단으로 베어 갔다는 것이 사실이냐?
복자	그렇습니다.
민공	그곳은 선왕께서 대나무 숲을 없애고 친히 산수유를 심으신 곳이다. 너는 어찌하여 망령된 짓을 했느냐?
복자	….
민공	어서 사실대로 고하지 못할까.
복자	이는 돌아가신 저희 아버님과 관계된 일이옵니다.
왕	복자는 들으라.
복자	예.
왕	이 또한 내 선친과 관계된 일이다. 너에게 벌을 내리지 않겠다고 약속하겠으니, 아는 바를 말하여라.
복자	하오나…. 알겠습니다. 대신, 선왕의 은밀한 사연이 결부된 일이오니 좌우의 사람을 물리쳐 주옵소서.

그의 부탁에 왕은 손짓으로 궁인들을 물렸습니다. 왕의 명령에도 자리를 비우지 않는 민공을 복자가 수상하게 바라보자, 왕이 말했습니다.

왕   내 형제와도 같은 자이다. 거리껴하지 말라.

복자 알겠습니다. 아버지는 선왕의 복두장으로 일하셨습니다. 아버지는 유언으로 저에게 이런 말을 남겼습니다. "지금 시중에 왕의 귀가 갑자기 길어져 나귀처럼 되었다는 소문이 있다."

민공 이놈, 망발을 하는구나! 목숨이 아깝지 않은 것이냐? 내 당장 네놈의 세 치 혀를 뽑아 주겠다!

왕   멈추시오.

민공 하오나 전하. 저놈이⋯!

왕   어허, 멈추래도.

완고한 왕의 태도에 민공은 복자를 노려보며 천천히 물러섰습니다. 민공의 기세에 기가 죽은 복자는 그의 눈치를 살피며 다시 말을 이어 나갔습니다.

복자 선친의 말씀입니다. "본래 왕의 귀는 보통 사람보다 조금 긴 정도다. 당시 전염병이 돌고 지진과 내란이 잦은 통에 민심에 불만이 쌓였다. 사람들 사이에 '임금이 우리 말을 듣는 귀를 가지면 좋겠다'는 바람이 많았는데, 이 바람을 들은 한 스님이 '왕의 귀가 당나귀 귀가 되면 나아질 텐데…'라고 말했다. 이 말을 들은 나 역시 왕께서 백성의 말을 경청하는 분이 되시길 원했기에 인적 없는 도림사 숲으로 가서 '임금님 귀는 당나귀 귀' 하고 외쳤다. 그런데 다음 해부터 숲에서 '임금님 귀는 당나귀 귀' 하는 메아리가 계속해서 울리기 시작했고, 이에 당황한 왕께서 저 요망한 대나무를 베어내고 산수유를 심으라고 명을 내리셨다."

왕   당시 선왕에 대해 그런 소문이 돌았단 말이냐?

복자   그렇습니다. 선친이 그런 행동을 하신 건 선왕을 향한 충심에서 비롯되었음을 알아주셨으면 좋겠습니다.

왕   그럼 당시 임금의 귀가 당나귀 귀가 되면 나아질 것이라고 떠들고 다닌 중은 누구인가?

복자   현재 도림사의 주지입니다.

왕   민공은 주지를 들게 하라.

민공은 당장 도림사의 주지를 잡아 오라는 명령을 내렸습니다. 얼마 지나지 않아, 주지가 포박된 채 끌려 들어왔습니다.

왕   그대는 어찌하여 선왕에 대해 망언을 하였는고?

주지   옛말에 "천 사람의 말은 땅을 울리고 만 사람의 눈물은 하늘을 움직인다." 하였습니다. 선왕 재위 6, 8, 14년에 반역이 있었고 7, 10, 12, 15년에 지진과 홍수가 있었으며, 3년에 한 번 전염병이 돌아 많은 백성이 죽었습니다. 이런 안타까운 상황 속에서 저는 다만 선왕께서 언로를 여시기를 바라는 마음으로 그렇게 말한 것뿐입니다.

소승은 혜초 스님의 5대 제자로 그분에 대하여 이런 이야기를 들었습니다. 스님이 일찍이 당(唐)나라에서 서역 출신 금강지 대사를 스승으로 모셨는데, 대사께서 "왕이 되어 백성의 말을 듣지 못하면 나라에 천재지변이 잦다." 하셨습니다. 이에 혜초 스님이 고국의 중생을 염려하는 마음에 "대란을 줄이고 백성을 아낄 방법은 없습니까?" 하고 물었습니다.

왕 그런 방법이 있느냐?

주지 금강지 대사께서 말하길 "내가 떠나온 천축국에 오래전 미란왕이 있었다. 그분의 귀가 커 사람의 말을 귀하게 여겼는데 이는 나선 존자의 말을 듣고 도를 얻어 대중을 보살폈기 때문이다." 하였습니다.

왕 자세히 이르라.

주지 미란왕은 1000여 년 전, 건타라(간다라)국의 임금이었습니다. 호령 한 번으로 10만 명을 전쟁에 나가게 할 수 있을 만큼 권세가 있었고, 황금으로 성채를 두를 만큼 부유했으며 1000명의 궁녀를 거느리는 정력가였습니다. 이러한 그는 자신의 존재에 대하여, 지혜에 대하여, 윤회에 대하여 늘 궁금해했습니다. 이 의문을 풀기 바랐으나 주변의 학자와 승려들은 왕과 논쟁하다 말문이 막혀 물러날 뿐이었습니다. 그는 널리 수소문해 나선 존자를 만났고 그분과 대화하며 희열을 얻었습니다. 왕은 말했습니다. "나는 모든 것을 똑바로 질문했고 나선 존자께서는 모든 것을 바르게 대답해 주셨다."라고 말입니다.

왕   미란왕은 무엇을 물었고 무슨 해답을 얻었는가?

주지   나선 존자가 미란왕에게 말한 것 중 하나는 다음과 같습니다. "왕이시여, 어떤 사람이 '이 세상에서 나쁜 짓을 하겠다.' 마음먹고 행하면 죽어 지옥에서 괴로움을 받는 불행한 상태로 태어날 것이며, 그의 말을 따른 사람도 그렇게 될 것입니다. 그러나 벌꿀과 꽃가루의 혼합물을 만들어 자신도 마시고 남에게도 마시게 한다면, 자신도 즐겁고 남도 즐겁게 됩니다. 마찬가지로 어떤 사람이 '이 세상에서 착한 일을 하겠다.' 마음먹고 행하면 축복받은 인간으로 다시 태어날 것이며, 그의 말을 따른 사람도 그렇게 될 것입니다."

왕   나도 그렇게 하고 싶다.

주지   왕께서는 이미 그렇게 하고 있습니다.

왕   내가 그러한가?

주지   그렇습니다. 민공에게 물어보십시오.

왕	민공은 말하라.
민공	전하, 지금 서라벌에서 지방에 이르기까지 집과 담이 이어져 있고, 기와지붕을 얹었습니다. 노래가 길에 끊이지 않고 바람과 비는 사철 순조롭습니다. 밤마다 가가호호 고기를 구워 먹되 나무를 쓰지 않고 숯을 쓸 정도입니다. 이 모든 풍요는 왕께서 선정을 베푸신 덕입니다.
왕	그렇지 않소. 모두 그대와 같은 신하들 덕이오.
주지	왕께서는 선왕께 들으신 바가 없습니까?
왕	그러고 보니 선왕께서는 늘 난리를 염려하셨고 귀를 열라 하셨소.
주지	그 덕이 전하 대에 실현되고 있사옵니다.
왕	낯간지러운 소리는 여기까지 하고 앞서 하던 미란왕 이야기를 더 해 보시오.
주지	미란왕은 희랍의 아력산대(알렉산더)대왕을 닮고 싶어 했습니다. 그분의 말씀을 늘 가슴에 새기며 살았지요. 대왕이 서역을 정벌할 때 가장 애먹었던 것이 파라사(포루스)왕과 벌인 전투였습니다. 파라사왕은 수만 명의 보병과 200마리의 코끼리로 맞섰습니다. 왕은 용맹하게 싸웠으나 대왕을 이길 수 없었습니다. 대왕은 포로가 된 그에게 "당신을 어떻게 대우하길 바라느냐?"고 물었습니다. 이때 파라사왕은 "왕처럼." 이라고 짧게 답했습니다. 파라사왕의 기개에 반해 이야기를

나눈 대왕은 왕이 다스리던 땅을 더해 주며 왕위를 지속하게 해 주었습니다. 그리고 이렇게 덧붙였습니다. "우리나라에 '나라를 잘 다스리려면 귀가 커야 한다.'는 속담이 있소. 예전에 미다스라는 왕이 있었는데 황금을 너무 좋아해서 '손을 대면 모두 황금으로 변하게 해달라.'고 기도를 했지요. 신께서 소원을 들어주자 그는 오만방자해진 나머지 신과 대결한 인간 편을 들었소. 신은 벌로 그의 귀를 나귀처럼 길게 만들어 버렸소. 교만한 왕이 되지 말라는 교훈이오. 나 역시 늘 부하들의 말에 귀를 기울인다오." 파라사왕은 고개를 끄덕이며 "귀한 말씀을 늘 간직하며 백성을 다스리겠습니다."라고 대답했습니다.

왕   오오, 아름다운 이야기요. 고대 희랍의 아력산대대왕이 서역에 전한 이야기가 건타라와 당나라를 거쳐 신라까지 오게 된 것이오?

주지   그렇습니다, 전하.

왕   놀라운 일이로군…. 민공.

민공   예, 전하.

왕   주지의 포박을 풀고 도림사에 비단 100필과 경지 100무를 내리라.

민공   분부 받들겠습니다.

주지   성은이 망극하옵니다.

민공   복자는 어떻게 할까요?

왕   너는 어찌하여 산수유나무를 베었느냐?

복자   저의 아이가 열꽃이 피고 기침을 하며 역병의 조짐을 보여 서라벌 최고의 명의 집을 찾아갔습니다. 마침 그는 없고 그의 아내만 있었는데 그의 아내가 절 유혹하며 "나와 동침하면 역병을 물리칠 비방을 알려 주겠다."고 하였습니다. 도리가 아님을 알았으나 아이를 살리기 위해 할 수 없이 동침하였는데, 마침 의사가 돌아왔습니다. 맞아 죽을 각오를 하고 있었으나 의사는 춤을 추며 이런 노래를 불렀습니다.

"서라벌 밝은 달 아래 밤새 노닐다가

들어와 자릴 보니 다리가 넷이어라

둘은 내 것인데 둘은 뉘 것인고

본디 내 것이지만 빼앗긴 걸 어찌하리"

저는 방에서 뛰쳐나와 무릎 꿇고 죄를 빌었습니다. 명의께서는 "누굴 탓하리? 온종일 술 마시다 온 내가 잘못이지." 하시며 비방을 적은 종이를 주셨습니다. 저는 이 방법으로 아이를 낫게 하였는데 약의 제조를 위해서는 산수유 열매가 반드시 필요했습니다. 따라서 어쩔 수 없이 도림사 산수유 나무를 베게 되었습니다.

왕   그렇지 않아도 근래 역병이 서라벌 근방에 만연하여 걱정이었다. 민공.

민공	예, 전하.
왕	그 비방을 널리 적어 집마다 문 앞에 붙여 놓게 하라. 길 가는 나그네도 알 수 있도록 말이다.
민공	예, 전하.
왕	복자에게도 비단 10필을 내려라. 복자야, 그 명의의 이름이 무엇인고?
복자	처용이라 하옵니다.
왕	처용에게는 새로 의원을 지어 주고 그 옆에 술과 함께 밤새 놀 수 있도록 포석정을 건축하라.
민공	예, 전하!

. . .

이 가상의 이야기와 연관된 역사적 사실은 다음과 같습니다. 알렉산더대왕이 죽고 나서 간다라 지역을 지배했던 고대 그리스 왕은 메난드로스 1세였습니다. 그는 현재의 펀자브 지방인 사갈라를 수도로 삼고 다스렸지요. 그가 현지의 고승 나가세나(나선 존자)와 나눈 이야기가 『나선비구경』으로 전해 내려옵니다.

그리스 신화와 예술이 간다라 지역으로 전해졌고, 간다라 미술은 중국을 거쳐 신라에도 영향을 줍니다. 이 과정에서 미술뿐 아니라 미다스 왕 신화도 함께 전해진 것이 아닐까요? 모든 문화는 소통하고 교류합니다.

활발히 주고받는 행위 속에서 문화는 발전합니다. 만약 타 문화와 단절하고 자신의 것만을 고수하는 문화가 있다면 정체되고 도태될 뿐입니다.

저는 이런 역사를 토대로 허구의 이야기를 만들어 봤습니다. 이야기 속에는 미다스, 경문왕 신화와 처용 설화가 교차 편집되어 있습니다. 기존 설화와 달리 복두장의 아들이 역신, 기인 처용이 명의라는 가정입니다. 반면 "경문왕 6, 8, 14년에 반역이 있었고 7, 10, 12, 15년에 지진과 홍수가 있었으며 3년에 한 번 전염병이 돌아 백성이 많이 죽었다."는 내용은 『삼국사기』에 기록된 사실입니다. 아마도 경문왕 시절, 실정으로 인해 백성의 삶이 힘겨웠던 것 같습니다.

지금처럼 백신이 있었던 것도 아니고, 역병을 퇴치해 주길 바라는 간절한 마음을 담아 처용이라는 신비한 인물을 문 앞에 그려 넣었겠지요. 담대함만이 역신을 물리칠 수 있을 것이라 믿었던 신라인의 이야기를 슬쩍 버무려 픽션을 만들어 봤습니다. 수년에 한 번씩 새로운 바이러스로 인한 전염병으로 혼란한 시대를 살아가는 현대인이라면 〈처용가〉를 지어 불러서라도 역병을 물리칠 수 있으리라 여긴 신라인의 간절함에 공감하지 않을까요?

열어구가 장주를
만났을 때

장르의 원천, 『열자』 & 『장자』

할리우드 영화를 보면 이런 문구가 가끔 등장합니다. 'Based on true story.' 즉, 사실에 근거해 쓴 허구라는 뜻이지요. 이 책의 내용 대부분도 'Based on true story'입니다. 사실만 강조하면 건조하고 허구만 있다면 황당할 수 있습니다. 아마도 K-스토리의 미래는 사실을 바탕으로 풍부한 상상력을 더해 만든 이야기에 있지 않을까 짐작해 봅니다.

춘추전국시대의 사상가이자 각기 '열자'와 '장자'라는 이름으로 알려진 열어구와 장주는 한대 이후 여러 사서에 등장합니다. 열어구에 대해서는 실존 인물이 아니라는 주장도 있고 그의 책 『열자』 역시 위작 논란이 있습니다. 이 글은 역사서가 아니므로 자세한 설명은 생략합니다. 다만 이 둘을 언급한 사서를 기초로 할 때, 열어구는 장주보다 한 세기 정도 앞선 사람으로 추정됩니다.

중국을 대표하는 두 사상은 공자, 맹자를 대표로 하는 유가 사상과 노자와 장자의 도가 사상입니다. 유가는 현실을, 도가는 꿈을 다루었습니다. 공맹은 참여를, 노장은 무위를 이야기했습니다. 의식과 무의식, 사회와 자연, 하늘과 땅…. 두 사상은 비행기의 날개처럼 고대 중원인의 생각을 싣고 날았습니다.

이번 이야기는 사실에 허구를 더한 많은 K-스토리들처럼 실존 인물 열어구와 장주라는 사실에 두 사람이 동시대 스승과 제자로 만났다는 허구를 더한 이야기입니다.

⬝ ⬝ ⬝

등장인물

열어구, 장주

장주	선생님, 안녕하세요?
열어구	안녕하신가?
장주	선생님이 주장하신 '조삼모사'를 제가 좀 고쳤습니다. 들어 보시렵니까?
열어구	허허, 얘기해 보시게나.
장주	원숭이 치는 사람이 도토리를 주면서 "아침에 세 개, 저녁에

네 개를 주겠다." 하자 원숭이들이 화를 냈다. "그럼 아침에 네 개, 저녁에 세 개를 주겠다." 하자 기뻐했다. 다 더하면 같은 것을 원숭이들은 화를 냈다 기뻐하는구나. 현자는 옳고 그름을 따지지 않고 평온한 천국의 마음을 유지한다. 이것을 일러 '멀티가 된다'고 한다."

열어구 　무슨 뜻인지 잘 모르겠는데…? 난 뭐라고 말했더라?

장주 　선생님은 조삼모사 에피소드 뒤에 이렇게 말씀하셨죠. "세상의 갑이 을을 농락하는 바가 이와 같도다. 성인은 지혜로 어리석은 이를 농락하는데 사육사가 원숭이를 놀리는 것과 같다. 명분과 실리는 그대로인데 그들을 기쁘게도 노엽게도 하나니."

열어구 　그래, 자네는 어떤 게 더 나은 거 같은데?

장주 　당연히 선생님 말씀이 한 수 위입니다. 제가 그대로 쓸 수 없어서 좀 고쳤는데 역시 선생님에 미치지 못합니다.

열어구 　자네 말은 늘 어려워. 어려운 뜻을 쉽게 풀어 전하는 게 생각보다 어렵다는 걸 아느냐?

장주 　네…. 이해는 하는데 실천이 안 됩니다.

열어구 　기운 내게나. 백혼무인 이야기는 잘 썼어.

장주 　정말요?

열어구 　그럼. 같은 선생 아래서 배우는 제자끼리 그럼 되겠어? 형벌을 받아 한쪽 발이 잘린 신도가를 정鄭나라 재상 자산이 꺼리지 않나? "자네 같은 사람과 같이 배우는 건 창피한 일이야."
라면서 말이지. 자산이 다음 날 같은 말을 하자 신도가 대
답하지. "백혼무인 선생은 우리를 19년 동안 가르치면서 한
번도 내 잘린 다리에 대해 이야기하지 않았네. 자네는 그런
스승 아래에서 배웠으면서 어찌하여 내 다리를 부끄러워하
는가?"

장주   괜찮았나요?

열어구   추가 멘트가 더 좋았어. "우리는 선생에게 '무엇을 몸 안으로
         넣을까'에 대해 배우고 있는데 자네는 여전히 '몸 밖으로 무
         엇이 보이는가'에 신경을 쓰고 있으니 잘못 아닌가?" 하는
         부분 말이야.

장주   다 선생님께 배운 것입니다.

열어구   그래서 자네는 「소요유」 편에 나에 대해 "바람을 타고 하늘
         로 올라가 마음대로 돌아다니다 보름이 지나서 돌아왔다. 속
         세의 행복은 바라지 않았다."고 썼는가? 사실 나도 바라는
         거 많아.

장주   뭔데요?

열어구   크흠, 이야기나 계속하세. 백혼무인과 나는 친구 같은 사이
         였다네. 어느 날 내가 활을 쏘는데 쏘는 족족 과녁을 맞혔어.
         어떤 화살은 앞 화살 꼬리에 맞기도 했지. 내가 으스대자 백
         혼무인이 말했다네. "그건 활쏘기를 위한 활쏘기일 뿐 진정

한 활쏘기는 아니네. 만약 자네가 높은 산 바위 위에서 백길 낭떠러지를 앞에 두고도 그렇게 쏠 수 있다면 내가 인정하겠네."

나는 할 수 있다 했고 그와 낭떠러지 위에서 누가 더 활을 잘 쏘는지 내기를 했지. 백혼무인은 산 위에 올라가 벼랑 끝에서 뒤로 돌아서서 한 발은 땅을 딛고 한 발은 허공에 내민 채 활시위를 당겼어. 쏘는 대로 과녁에 맞았지.

장주   선생님도 그러셨겠죠?

열어구   나? 벼랑 끝을 한 자 남기고는 땅에 납작 엎드려 옷이 다 젖도록 소변을 지리고 말았다네. 정말 창피한 일이지. 그 와중에 보니 백혼무인은 눈 하나 끔쩍 않더군. 그때부터 나는 그를 선생으로 모셨네.

장주   그 말씀을 들으니 송대의 유학자 정명도, 정이천 형제가 생각나네요. 둘이 고관의 잔치에 갔는데 악사와 기생이 나와 흥을 돋우기에 이천은 자리를 박차고 일어섰고, 명도는 춤을 추며 술을 마셨다지요. 다음 날, 이천이 "형님 어찌 그럴 수 있소?" 하고 따지자 명도는 "내 마음은 이미 그곳을 떠났거늘, 네 마음은 아직 그곳에 있느냐?"라고 했다지요?

열어구   아… 연회 가고 싶다.

장주   뭐라고요?

열어구   하하, 아닐세. 다음 주제로 넘어가도록 하지. 사람의 마음이

	얼마나 무서운 것인지, 혹은 얼마나 가벼운 것인지 우리만큼 강조한 사람도 없지?
장주	그럼요. 저는 선생님이 쓰신 '상구개 이야기'를 좋아합니다.
열어구	읊어 봐.
장주	진나라 범 씨 집안에 대해 이런 소문이 돌았죠. "산 사람을 죽게 할 수도 있고 죽은 사람을 살려 줄 수도 있으며 부자를 가난하게, 가난한 자를 부유하게도 할 수 있다." 가난한 농부인 상구개는 손님에게 이 이야기를 듣고 범씨 가문을 찾아갑니다. 상구개는 범 씨 집안이 대단한 묘술로 자신을 출세시켜 줄 것으로 철석같이 믿었습니다. 부푼 마음을 안고 찾아가 보니 과연 사람들이 비단옷을 입고 높은 수레를 탄 채 먼 산을 보고 있었습니다. 상구개는 감탄하며 객이 되길 자처했지요. 그러나 워낙 상구개 같은 손님이 많아 범 씨 가문은 그를 무시하고 심지어 때리기까지 했습니다.

어느 날, 높은 누대 위에서 범 씨 집안사람이 "누구든 여기서 뛰어내리면 백금을 주겠다."고 했지요. 그 말을 들은 상구개가 제일 먼저 뛰어내렸는데, 전혀 다치지 않고 사뿐히 착지했습니다. 얼마 뒤에는 강물 위에서 "물 깊이 보배로운 구슬이 있는데 먼저 건지는 이가 임자이다."라고 하자 상구개가 잠수해 꺼내 왔습니다. 다시 며칠 뒤, 창고에 큰불이 나자 당황한 범 씨가 "불 속으로 들어가 비단을 가지고 나오면 그 반

을 주겠다." 했습니다. 다들 몸을 사렸으나 이번에도 상구개만이 나섰고, 불 속에서 그을음 하나 몸에 묻지 않은 채 비단을 모두 꺼내 왔습니다.

계속되는 상구개의 비범한 행동에 감탄한 범 씨 가문 사람들이 모여 말했습니다. "우리는 선생님이 신과 같은 분인 줄 모르고 무례하게 굴었습니다. 부디 그 도를 알려 주시길 바랍니다." 상구개가 놀라 대답했습니다. "나는 오로지 당신들이 '산 사람을 죽게 할 수도 있고 죽은 사람을 살게도 한다.'하여 그 말만 굳게 믿고 지금까지 마음을 하나로 하여 행동했을 뿐 아무 도가 없습니다."

이에 그들이 놀라며 "우린 그런 힘이 없다."며 부인하자 그다음부터 상구개는 겁을 먹고 아무런 용감한 행동을 할 수 없었다는 이야기입니다.

열어구	내가 지은 이야기지만 다시 들어도 참 재밌네.
장주	구라 솜씨는 선생님이 저보다 한참 고수이시죠.
열어구	어허, 전문 용어로 '스토리텔링'이라고 하는 거야. 그런데 말이야, 세간에 우리가 공자를 비롯해 유학을 배척한다는 소문이 돌더군. 신경 쓰지 않아도 되는 오해겠지?
장주	그럼요. 선생님이 책에도 쓰셨죠. 안회가 배 타고 연못을 건너는 이야기 말입니다. 오해를 풀기 위해 짚고 넘어가 보죠. 안회가 물살이 센 곳을 건너는데 사공이 능숙하게 배를 다루

자 어떻게 그렇게 할 수 있는지 궁금해했습니다. 사공이 대답을 안 하자 안회는 스승에게 묻지요. 공자는 이렇게 이야기합니다. "기와를 걸고 도박을 하면 잘한다. 하지만 은을 걸고 도박을 하면 겁을 내기 시작하고 황금을 걸고 하면 정신을 못 차린다. 마음 밖의 물건을 중히 여기면 마음 안이 흔들린다."

열어구   아 씨, 그래서 내가 지난번 마작에서 올인하고 망한 거야.

장주   네?

열어구   아냐, 계속해.

장주   공자가 여량이란 곳에서 서른 길이 넘는 폭포 아래를 오가는 사람을 붙잡고 "어떻게 그럴 수 있소?" 하고 물으니 "오직 물에서 자라고 물과 함께하다 보니 천성처럼 익숙해졌소. 오직 마음을 하나로 했을 뿐이오."라고 답하는 이야기도 있고요. 또, 매미 잡는 사람 이야기도 재미있지요.

열어구   맞아. 매미를 잘 잡는 사람에게 물으니 그가 특별한 수련법을 소개해 줬지.

장주   손을 벌리고 끝에 공을 올려놓고 나무인 척하는 거였죠. 처음에는 공을 두 개, 다음에는 세 개, 마지막에는 다섯 개를 올려놓고 꼼짝 않고 있는데 이쯤 되면 그의 몸이 나무인지, 나무가 그인지 모르는 상태가 됩니다. 그제야 그는 매미를 땅에 떨어진 동전 줍듯 잡을 수 있었습니다.

열어구	A가 B인지, B가 A인지의 논리는 자네가 저 유명한 '호접몽'에 써먹었지, 아마?
장주	예, 그랬죠. 실은 선생님의 '사슴 잃은 나무꾼'에서 영감을 받고 썼습니다.
열어구	아, 그 사슴을 잡았는데 숨겨 놓은 곳을 잊어버린 나무꾼이 "내가 꿈을 꾸었나." 하고 중얼거렸는데 그걸 들은 농부 이야기 말인가?
장주	예. 그 농부가 아내에게 말하니 아내는 "그런 나무꾼이 있을까요? 당신이 어떤 사냥꾼이 사슴을 묻었다고 중얼거리는 꿈을 꾼 거겠죠."라고 답하지요. 이에 농부는 "그의 꿈이 그의 꿈인가, 내 꿈인가?" 하며 혼동하는 그 이야기 말입니다. 이후 나무꾼이 그날 밤 꿈에서 사슴을 잡은 것과 농부가 와서 그걸 가져가는 것까지 보게 되잖습니까. 꿈이 꿈으로 이어지면서 이야기가 전개되는데 이 이야기를 할리우드의 크리스토퍼 놀란 감독이 〈인셉션〉에 써먹었죠.
열어구	나한테 허락도 안 받았어. 자네도 『열자』 에피소드를 『장자』에 그대로 옮긴 게 스무 개도 넘던데?
장주	통장 계좌 번호 불러 주시지요.
열어구	됐고, 그대가 내 제자지만, 이건 꼭 묻고 싶었네.
장주	하문하소서.
열어구	위나라 사람 애태타 이야기 있지 않나. 모습이 너무 흉하고

못생겼지만 그를 만나 본 여인은 누구나 그의 애인이 되고 싶어 하고 그를 만나 본 남자는 누구나 그의 곁에 있고 싶어 한다는 사람 말이야. 심지어 그를 만난 왕은 그 자리에서 재상을 맡기려 했다지. 재산도 없고 권력도 없고 그렇다고 입 발린 말을 많이 하는 것도 아닌데 도대체 그에게 어떤 비밀이 있는 걸까?

장주　저는 그가 조화롭고 덕이 있기 때문이라고 생각합니다.

열어구　조화롭고 덕이 있다…. 그게 다일까?

장주　그럼요, 일전에 선생님께서 이렇게 말씀하셨지요. "강한 사람은 자기만도 못한 사람에게 이기지만 부드러운 사람은 자기보다 뛰어난 사람을 이긴다." 아마 그는 세상에서 가장 부드러운 사람 아니었을까요?

열어구　아, 그랬을까? 실은 나도 고백할 게 있는데 방금 자네가 한 말은 내가 아니라 그거 주나라 문왕 때 육웅 선생이 『육자』에서 한 말이야. 내가 저작권 허락도 안 받고 그냥 『열자』에 인용해 썼어.

장주　선생님이나 저나 마찬가지네요. 퉁 치시죠.

- - ■

『장자』에 나오는 에피소드 중 상당수가 『열자』에 그대로 나옵니다. 이렇게 겹치는 부분은 고대 중원인이 입에서 입으로 전했던 이야기겠지요. 저작권 개념이란 게 없던 시절, 구전설화를 문자로 옮겼을 것입니다.

고대 중원인이 주위 타민족과 달랐던 점 중 하나가 문자에 대한 신뢰입니다. 흉노가 구두로 명령하고 계약할 때, 중원인은 문자를 이용했습니다. 중원의 천자는 제후나 관리를 임명할 때, 문자로 낙인을 찍었습니다. 인도인은 수백 년 동안 붓다의 지혜를 구전했으나, 이를 접한 중원인은 책으로 만들었습니다.

중국의 문자 문명은 저 광대한 상형의 세계로 시작해 지금의 한자까지 이어지고 있습니다. 평생 배워도 다 깨우치지 못한다는 한문 아닙니까? 하나의 사물에 하나의 단어가 호응하는 표의문자 체계를 바탕으로 하는 것이 중국 문화입니다. 이러한 특성으로 인해 한문은 한자 문화권에서 계급을 고착시키고 현실을 유지하는 데 큰 역할을 했습니다. 인구의 99%는 문맹인 것이 당연한 현실에서 문자를 안다는 것이 곧 권력이 되는 거지요.

열자와 장자가 다양한 이야기를 만들어 낸 이유는 아마도, 해도 해도 끝이 없는 문자 공부 때문이 아니었을까 하는 엉뚱한 상상을 해 봅니다.

"밤낮으로 공부해 봐야 뭐 해? 글도 다 깨우치지 못하는걸. 시험에 통과하고 관리가 되면 또 뭐 해. 다 소용없어. 모든 게 한낮의 꿈이야…."

두 현자가 이런 이야기를 하는 것만 같습니다.

공자에 대한
오해 몇 가지

알고 보면 요절복통, 『논어』

2010년의 어느 날, 모 출판사의 대표님이 저의 홍대 앞 집필실로 찾아왔습니다. 그때 저는 젊은 독자들을 위한 책을 구상하고 있었고 2030 청년들에게 글쓰기 강의를 하고 있었습니다.

출판사 대표는 제게 『논어』에 대한 책을 한번 써 보지 않겠느냐는 제안을 했습니다. 저는 그때까지만 해도 『논어』를 처음부터 끝까지 읽어보지 않았습니다. 더구나 당시에 저는 공자가 고리타분한 사상의 원조라고만 생각했습니다. 대표의 제안을 거절한 저는 그가 던져 놓고 간 『논어』를 읽기 시작했습니다.

읽다가 치우고, 다시 읽다가 집어 던지고, 또다시 읽다가 막혀 끙끙대던 저는, 어느 날 공자가 말을 거는 듯한 느낌을 받았습니다.

"나는 구린 사람이 아니야. 나는 합리적이고 유머가 넘치고 유쾌한 사람이야."

이런 말을 거는 듯한 느낌 말이지요. 그때부터 다시 『논어』를 읽기 시작해서 수십 번 통독하고, 나름대로 재미를 느꼈습니다. 그 느낌을 『공자 팬클럽 홍대지부』라는 책으로 출간했지요.

사족이 길었습니다. 이어지는 이야기에서는 공자에 대한 선입견을 에피소드 형식으로 풀어 봤습니다.

· · ·

등장인물

공자, 자공, 무백, 안회, 자로, 염유, 공서적, 증점, 남자南子, 증삼

#1 일타강사 공자는 수업료를 비싸게 받았을까?

무언가를 집필하는 데 열중인 공자의 방에 그의 제자 중 한 명인 자공이 들어와 말했습니다.

자공	선생님, 오늘도 새로 학생이 들어왔습니다.
공자	어디 출신이더냐?
자공	추郰 땅 출신입니다. 선생님과 동향이네요.
공자	나이는?

자공	열다섯이랍니다. 한번 보시겠습니까?
공자	이따 저녁때 보자. 지금은 좀 바쁘구나.
자공	그런데… 문제가 하나 있습니다. 수업료는커녕 빈손으로 왔습니다.

공자는 자공의 말에도 붓질을 멈추지 않았습니다.

자공	보아하니 찢어지게 가난한 집 아이 같습니다.

공자는 잠시 붓질을 멈추고 생각에 잠겼습니다.

자공	돌려보낼까요?
공자	가난하다고 돌려보내면 어떻게 하느냐? 수업료 대신 일을 시켜라.
자공	예, 알겠습니다.

다음 날, 자공이 다시 공자를 찾아와 말했습니다.

자공	새로 온 아이에 대해 자화가 불만입니다. 자기도 홀어머니를 모신다면서 월사금을 깎아 달라는데요?
공자	자화네는 잘산다. 지금처럼 비단을 받고, 중산층 아이들에

게는 베를 받아라. 가난한 아이들에게는 가장 싼 예물인 육포를 받고.

자공 모두에게 똑같이 받으면 어떨까요? 그게 공평하지 않을까요?

공자 아니다. 교육의 기회는 모두에게 평등해야 한다. 형편에 맞게 수업료를 받는 게 맞다.

자공 네, 알겠습니다.

"자왈: 자행속수 이상, 오미상 무회언子曰: 自行束脩以上, 吾未嘗無誨焉"이라는 말이 있습니다. "공자께서 말씀하셨다. 육포 한 묶음 이상의 예물을 갖추고 오는 사람이라면 나는 그 누구도 가르치지 않은 적이 없다." 위 일화에 딱 들어맞는 말씀입니다.

#2 공자는 어떻게 효도하라고 했을까?

어느 날, 공자가 노나라 대부 맹의자의 집을 방문했습니다. 그의 아들 무백이 공자를 접견실로 모셨지요. 그는 차를 내오며 공자에게 물었습니다.

무백 선생님, 어떻게 하면 효자가 될 수 있을까요?

공자 효자 말인가? 흠, 그대는 전쟁에 나가 무공을 세우는 것을 즐기는 것 같던데 말이야.

무백　하하, 그렇습니다. 저한테는 무인 기질이 있는 것 같습니다. 전장에서 무공을 세우고 돌아오면 부모님이 절 자랑스러워 할 테고, 그게 바로 효도 아니겠습니까?

공자　이보게, 잘못 알아도 단단히 잘못 알고 있군. 부모는 늘 자식이 다치지 않을까 걱정한다네. 자중자애하시게.

"맹문백문효, 자왈: 부모유기질지우孟武伯問孝, 子曰: 父母唯其疾之憂."라는 말을 일화로 풀어 보았습니다. "맹무백이 효에 관해 묻자, 공자께서 답하셨다. '부모는 오직 자식이 다치지 않을까 걱정한다네.'"라는 뜻입니다.

#3 공자는 원만한 성격의 사나이였을까?

제자 안회가 등심을 구워 올렸으나, 공자는 수저를 대지 않고 있었습니다.

공자　얘야, 특제소스 없니? 난 그거 없으면 스테이크 안 먹는다.

안회가 부엌에서 소스를 꺼내 오자, 공자는 소스를 뿌리고 그제야 고기를 맛있게 먹기 시작했습니다. 그러나 샐러드에는 손도 대지 않았죠. 이를 본 안회가 말했습니다.

안회   스승님, 채소도 좀 드시지요.

공자   글쎄, 샐러드 냄새가 좀 이상하다. 색깔도 그렇고 말이야.

안회는 급히 식당으로 가 샐러드를 새로 가져왔습니다. 공자는 그제야 맛있게 먹기 시작했습니다. 공자가 고기를 다 먹자 안회는 보관실에 있던 고기를 가져와 숯불 위에 올렸습니다.

공자   얘, 그건 먹지 마라.

안회   네? 이것도 냄새가 납니까?

공자   아니다. 그건 사 온 지 3일이 넘었다. 3일 넘은 건 돼지나 주어라.

이 일화의 출처가 되는 원문은 이렇습니다. "식불염정 회불염세 식의이애 어뇌이육패 불식 색악불식食不厭精 膾不厭細 食饐而餲 魚餒 而肉敗 不食 色惡不食. … 불다식 제어공 불숙육 제육 불출삼일 출삼일 불식지의不多食 祭於公 不宿肉 祭肉 不出三日 出三日 不食之矣." 직역하자면 "선생은 밥이 쉬었거나 맛이 변한 것, 생선이 상한 것, 고기가 부패한 것은 먹지 않으셨다. 음식의 색이 좋지 않거나 변한 것, 냄새가 좋지 않은 것, 제대로 요리되지 않은 것은 먹지 않으셨으며 때가 아니면 역시 먹지 않으셨다. … 음식에 맞는 장이 없으면 먹지 않으셨다. 집에서 제사 지낸 고기는 3일 이내에 나눠 주셨고 그 이상 된 것은 먹지 못하게 하셨다."라는 뜻입니다. 공자의 꼼꼼하고 다소 까다로운 성격을 알 수 있는 일화이지요.

#4 공자는 노는 걸 싫어했을까?

공자의 제자인 자로, 염유, 공서적, 증점이 공자를 모시고 앉아 있었습니다.

공자   너희 학교 졸업하면 뭐 할래?

자로   저는 장교가 되어서 군 생활을 하렵니다. 목표는 별을 다는 겁니다.

염유   일단 의원 보좌관 생활을 하다 저희 고향에서 지방의회 의원으로 출마할까 합니다.

공서적 저는 외교관이 되고 싶습니다.

공자   점아 너는?

그때까지 조용히 거문고를 타고 있던 증점은 공자의 질문을 받고는 크게 한번 줄을 튕기더니 일어났습니다.

증점   졸업하는 즉시 아르마니 스타일로 멋지게 옷을 맞춰 입고 힙합하는 애들하고 홍대 앞 클럽에 가서 실컷 놀 겁니다.

공자   와, 나는 점이랑 같이 가련다.

공자라고 하면 공부만하고 놀 줄은 모르는 사람 같지만 위 일화처럼 그렇지 않았습니다. 함께 원문의 일부만 보시면 이렇습니다. "부자 위연 탄왈: 오여점야夫子 喟然嘆曰: 吾與點也." 직역하자면, "선생님께서 감탄하시며 말했다. '나는 점이와 함께 하련다.'"라는 뜻입니다.

#5 공자는 검소한 사람이었을까?

외출복을 고르던 공자는 제자 안회에게 검은색 웃옷을 건네며 말했습니다.

공자   회야, 이건 색이 안 맞는다. 베이지색 상의는 없니?
안회   여기 있습니다.

안회는 옷장을 뒤져 여우 가죽으로 된 상의를 공자에게 건넸습니다.

공자   그래, 그게 좋겠다. 다녀오마.

색깔을 맞춘 옷을 입은 공자가 문을 나섰습니다. 그가 한 걸음을 걸을 때마다 허리에 찬 옥 액세서리가 찰랑거렸습니다.

공익적 일을 하는 유명인이 명품으로 치장하고 나오면 가십거리가 되곤 하지요. 의외라는 인상 때문입니다. 공자 역시 검박함의 대명사일 것 같지만, 이처럼 조금은 사치스럽게 멋을 부릴 줄도 아는 사람이었습니다. 일화의 원문은 다음과 같습니다. "치의고구 소의예구 황의호구 … 거상 무소불패緇衣羔裘 素衣麑裘 黃衣狐裘 … 去喪 無所不佩." 해석하면 이렇습니다. "선생님은 검은 윗도리에는 검은 염소 가죽 아랫도리를, 흰 윗도리에는 흰색의 어린 사슴 가죽 아랫도리를, 누런 윗도리를 입을 때는 누런 여우 가죽 아랫도리를 입으셨다. … 상을 치르고 나면 온갖 패옥을 다 차셨다."

#6 공자는 여자 보기를 돌처럼 했을까?

위나라의 퍼스트레이디 남자南子가 옥구슬 발 사이에 앉아 있었습니다. 카펫 위에는 사향 주머니가 반쯤 열려 있었으며, 분 냄새가 진동하고 있었습니다.

남자   어서 오세요, 공 선생님.

식탁에는 양 갈비가 지글지글 구워지고 있었죠. 남자가 잔에 와인을 따르며 말했습니다.

남자   로마네 콩티 45년산입니다.
공자   부인, 과합니다.
남자   과유불급이란 말씀인가요? 호 호 호.

잔을 들어 마신 공자는 부드러움과 뜨거움이 느껴지는 듯, 만족한 미소를 지었습니다. 이를 바라보던 남자는 고기를 한 점 집어 공자의 입에 넣어 주며 말했죠.

남자   제가 선생님 존경하는 거… 아시지요?

공자   부끄럽습니다.

남자   선생님을 사모하는 것도 아시나요?

공자   ….

남자   대답해 주세요. 제가 싫으신가요?

공자   그렇지 않습니다. 여사처럼 멋진 분을 어찌 싫어할 리 있겠소?

남자   그럼, 왜 더 자주 오지 않으세요?

남자가 난데없이 눈물을 보이자, 난감한 표정으로 공자가 말했습니다.

공자   울지 마시오, 부인.

남자   자주 찾아오셔서 좋은 말씀 해 주세요. 이 남자는 지혜로운 여인이 되고 싶답니다. 혹, 저 같은 여인을 만나기를 좋아하지 않으시나요?

공자   저는 오직 모든 이를 인으로 대할 뿐입니다.

남자	도대체 인이 무엇입니까?
공자	사람을 사랑하는 것입니다.
남자	그럼 그 사랑을 저에게도 주시어요. 흐흐흑….

위 일화의 원문을 보실까요. "자견남자 자로불열 부자시지왈: 여소부자 천염지 천염지子見南子 子路不說 夫子矢之曰: 予所否者 天厭之 天厭之" 직역하자면 이와 같습니다. "공자께서 남자를 보고 오자 자로가 좋아하지 않았다. 선생님은 하늘에 맹세하며 말했다. '내가 만약 불미스러운 일을 저질렀다면 하늘이 날 버리시리라! 하늘이 날 버리시리라!'" 공자가 여인 앞에서 목석 같았다기보다는 자중하려 애썼던 것 아닐까 짐작됩니다.

#7 공자는 제사를 잘 지내라고 했을까?

공자와 그의 제자 자로, 증삼이 나란히 정자에 앉아 있었습니다.

공자	잘 들어라, 자로야. 지금부터 약 2500년쯤 지나서, 동쪽의 반도 사람들이 나를 팔 것이다. "조상을 잘 받들고 제사를 거르지 말라."면서 말이지. 하지만 나는 결코 그런 말을 한 적이 없다.
자로	잘 알겠습니다.

이 말을 들은 자로가 옆에 앉아 있던 증삼의 뒤통수를 치며 말했습니다.

자로	이 자식아, 그러니까 너 말 조심해.
증삼	아야! 왜요?
자로	네가 "먼 조상을 추모하면 백성의 덕이 후하게 된다." 이딴 소리 하니까 그렇지.
증삼	자로 형은 맨날 나만 갖고 뭐라 그래.
공자	애를 왜 때리고 그러니? 놔둬라, 얘가 내 뒤를 이을 거다.
자로	정말요? 그럼 저는요?
공자	너는… 성질 좀 죽여. 안 그러면 제 명에 못 살아.

아니 그래서 제사를 지내라는 뜻인지 지내지 않아도 된다는 말인지 헷갈리지요? 원문의 일부를 보실까요? "증자왈: 신종추원, 민덕귀후의® 子曰: 愼終追遠, 民德歸厚矣." 해석하자면 "증자가 말했다. '삶의 마감을 신중히 하고 먼 조상까지 추모하면, 백성의 덕이 후하게 될 것이다.'"입니다. 말 그대로일 뿐 제사를 꼭 지내라는 말은 없습니다.

. . .

한때 『공자가 죽어야 나라가 산다』(바다출판사, 1999) 책이 베스트셀러가 된 적이 있습니다. 공자의 사상은 한반도에 들어와 많이 변질됐습니다. 특히 조선시대에는 사농공상의 계급을 공고히 하는 절대적인 역할을 하기도 했지요. 그래서 공자와 유교는 현대 사회에서 배척되었습니다. 물론, 그의 생각이 21세기에 맞지 않는 부분이 있는 것은 엄연한 사실이지요.

2016년 가을, 저는 중국 곡부曲阜를 방문한 적이 있습니다. 『논어』에 빠져 있던 저에게 공자의 생가와 묘소, 사당이 있는 곡부는 성지와도 같았습니다. 그곳에서 저는 공자의 동상을 보고 충격을 받았습니다. 공자와 제자들이 말 위에 올라 마치 세계 정복에 나서는 사람들처럼 진취적인 모습으로 서 있었습니다. 저는 이를 보며 '아, 저것이 현대 중국인이 생각하는 진짜 공자의 모습이구나.' 하고 생각했습니다.

우리가 생각하는 공자는 서당에 앉아 실용성도 없는 고루한 학문을 웅얼거리는 모습일 겁니다. 하지만 공자는 전쟁을 준비하며 병사를 지휘했고, 활과 검을 다루는 무인이었으며 누구보다 결단력이 있는 사람이었습니다. 동시에 제자들과 악기를 연주하며 허물없이 담소했던 참된 스승이었고, 입맛이 까다로운 인물이었습니다.

공자 이후의 유학자인 주희로 대표되는 성리학의 해석자들이 공자를 성인으로만 대우했기에 그의 인간적인 면모가 많이 알려지지 않았다는 사실이 저는 안타까웠습니다. 이 가상의 이야기를 통해 여러분이 공자에 대해 갖고 있던 오해가 조금이나마 풀리길 바랍니다.

5장

가상의 대담과
인터뷰

권력이란
무엇인가?

마키아벨리 vs 한비자

한비자는 중국 춘추전국시대 한^韓나라의 사상가입니다. 정치적 위기 상황에서 어떻게 나라를 다스리는지에 대한 안내서 『한비자』를 썼지요. 이 책은 주로 군주에게 주는 글로 이루어져 있습니다. 한비자는 이 책을 조국인 한나라의 왕이 봐 주길 기대하면서 썼지요. 당시 강대국 사이에서 시달렸던 한나라가 한비자의 사상을 받아들여 국정을 운영했다면 어땠을까 하는 상상을 해 봅니다.

그의 바람과는 반대로 한비자의 사상에 심취된 사람은 엉뚱한 곳에서 나타납니다. 바로 진시황입니다. 전국을 통일하기 전, 진나라의 왕이었던 영정은 한비자의 책을 읽고 그에게 반합니다. 영정은 한비자를 어렵게 스카우트했으나, 신하이자 한비자의 동창생이었던 이사의 모함에 따라 한비자를 사형시키고 맙니다. 군주를 위한 뛰어난 술책을 이야기했던 한비자가 정작 자신의 몸은 잘 돌보지 못한 셈이지요.

니콜로 마키아벨리는 르네상스 시대의 이탈리아 사상가입니다. 피렌체 출신으로 외교관이자 정치인으로 활동했지요. 그는 권력의 정점에서 밀려난 뒤, 그 유명한 『군주론』을 썼습니다. 이 책 또한 당시 이탈리아의 유력 가문이었던 메디치 가문에 헌정한 책입니다. 주된 내용으로 어떻게 군중을 지배하고, 어떻게 다른 군주들과 협력하고, 리더로서 어떻게 생존해야 하는지가 실려 있습니다.

동서양 리더십의 원조라 할 수 있는 두 사람이 서로 만나 대담을 나눈다는 설정으로 이어지는 이야기를 시작해 보겠습니다.

· · ·

등장인물

한비자, 마키아벨리

마키아벨리   안녕하십니까? 한비자 선생님.

한비자   안녕하시오? 세간에서는 나를 '동양의 마키아벨리'라고 소개하는데 이렇게 만나게 되어 영광이오.

마키아벨리   어이쿠, 명백히 잘못된 표현이지요. 한비자 선생은 저보다 한참 앞 시대를 풍미하시지 않으셨습니까? 저를 '서양의 한비자'라 해야 옳지요.

한비자 　겸손의 말씀. 하여간 우린 공통점이 있지요.

마키아벨리 　'권력이란 무엇인가?'에 천착한 것 말씀이지요?

한비자 　맞아요.

마키아벨리 　인간은 서열적 동물이지요. 조던 피터슨 같은 학자는 『12가지 인생의 법칙』에서 바닷가재를 예로 들면서 동물이 얼마나 서열에 목을 매는지 설명하고 인간도 다를 바 없다고 하는데 그 먼 심해까지 가지 않아도 주변에 그런 사람 많지 않습니까?

한비자 　많지. 특히 내 친구 이사 같은 놈….

마키아벨리 　선생님과 동문수학한 사이셨죠? 그분의 질투로 인해 선생은 음모에 휘말려 투옥됐고, 결국 스스로 목숨을 끊어야….

한비자 　거기까지, 듣기 괴롭소.

마키아벨리 　죄송합니다.

한비자 　그대도 부침이 심했지요?

마키아벨리 　그럼요. 한때 잘나가는 서기관으로 당시 피렌체를 쥐락펴락했지요. 아이러니하게도 그러다 몰락해서 피렌체 군주를 위해 쓴 책이 후대에 절 유명하게 해 준 『군주론』이고요.

한비자 　본래 인생이 그런 것 아니겠소. 잘될 때가 있으면 안 될 때도 있어요.

둘은 서로를 이해한다는 눈빛으로 바라보며 손을 맞잡았습니다.

한비자   약간의 힘만 주어지면 자신이 특별한 줄 아는 게 인간이지
요. 그래서 미국 작가 로버트 잉거솔은 "그 사람의 밑바닥을
알려면 권력을 줘 보라."고 했다던가.

마키아벨리   맞습니다. 특히, 선생은 권력의 이동이 얼마나 위험한지
를 너무나 잘 알고 계셨죠. 그래서 왕에게 "아랫사람에게 절
대로 넘겨선 안 되는 것이 세 가지가 있다."고 말씀하지 않으
셨습니까.

한비자   돈, 형벌, 선행이지요. 송나라 사공(토목과 건설 담당 장관) 자
한이라는 자가 있었소. 그는 중국 고전사에 남는 역적이지
요. 한번은, 그가 왕에게 이렇게 말했습니다. "사람들은 칭찬
받기를 좋아하고 벌 받기를 싫어합니다. 앞으로 왕께서는 상
내리고 칭찬하는 일만 하시고 형벌 내리는 일은 제게 맡겨
주소서."
어리석은 왕은 "그렇게 하라"며 허락했지요. 왕의 위임을 받
은 자한은 그날로 무소불위의 권력을 휘두르기 시작했어요.
신하들이 죄지은 자의 처벌을 요구하면 왕은 "자한에게 보
내시오."라고 말했지요.

마키아벨리   저런 모자란 왕이 있나….

한비자   결국, 시간이 흐를수록 백성은 왕보다 자한을 더 두려워하게

됐지요. 이런 상황이 벌어지자 사람들은 이렇게 말했지요. "자한은 갑자기 튀어나온 돼지다."

마키아벨리   선생님, 표현이 좀….

한비자   갑자기 튀어나온 돼지 맞닥뜨려 봤어요? 아니면 말을 마시오. 오래전 나는 시골에서 돼지 한 마리가 우리를 벗어난 것을 본 적이 있소. 아무리 집돼지라고 해도 무게에서 나오는 힘과 속도는 상상을 초월합니다. 정말 무서워요. 이럴 땐 무조건 피하는 게 상책이지. 어쨌든 간에 왕으로부터 권력을 위임받은 지 1년 후, 자한은 왕을 죽이고 정권을 차지합니다.

마키아벨리   내 그럴 줄 알았습니다.

한비자   갑자기 튀어나온 돼지에게 너무 큰 힘을 실어 주면 주권을 뺏기기 마련이라오.

마키아벨리   저 역시 『군주론』에서 권력을 나누면 안 된다는 사실을 역설했습니다. 프랑스의 루이 12세는 교황 알렉산데르 6세가 로마냐를 정복하는 데 지원을 해 주었는데, 야심가인 교황은 이를 계기로 점점 힘을 길러 갔지요. 이후, 루이 12세는 나폴리를 에스파냐 왕과 분할 통치하는 또다른 실수를 저질렀어요. 아무리 힘이 들더라도 나폴리를 직접 점령하고 지배했어야지요. 결국, 루이 12세는 강력한 권력을 지닌 프랑스의 왕에서 교황과 에스파냐 왕의 눈치를 보는 동업자 신세로 전락하고 말았습니다. 당시 에스파냐와 교황이 득세하게 된 것은 프랑스 때문인데, 이로 인해 프랑스는 끝내 쇠퇴의 길로 들어섰지요.

여기서 우리는 절대로 놓칠 수 없는 하나의 보편적인 법칙을 찾을 수가 있습니다. 남을 강성하게 만들어 주는 사람은 끝내 자기 자신을 멸망시킨다는 사실입니다.

한비자 내 말이 그 말이오. 사람은 손톱만 한 권력이라도 쥐어 주면 휘두르려고 하는 존재지요. 완장을 차면 세상을 다 가진 줄 알아요.

마키아벨리 맞습니다. 따라서 높은 자리 있을 때 더욱 조심해야 하지요. 저는 선생님이 예로 든 왕비와 후궁 이야기가 재미있었습니다. "왕비와 후궁이 왕 앞에서는 웃음을 보이지만, 더 나이 들면 미모가 쇠하여 왕의 총애를 잃고 자식이 왕위를 계승하지 못할까 염려하여 오직 왕이 빨리 죽기만을 바란다."

한비자 나는 선생의 이런 이야기가 재미있었소. "무기를 든 예언자는 모두 성공하지만, 무기 없는 예언자는 멸망하게 된다. 인간의 본성은 변하게 마련이라 그들에게 뭔가를 설득하기는 쉽지만 설득한 뒤에도 그대로 따르게 하기는 어려운 법."

마키아벨리 어떻게 보면 비슷한 맥락에서 나온 말이라고 할 수 있겠네요. 저는 당시 피렌체 군주에게 이런 말을 했지요. "군중에게 악행을 펼치려면 한꺼번에 하라. 은전은 조금만 베풀라. 만약 행운으로 통치권을 얻었다면 폭력을 쓰든 속이든 승리를 목표로 하고, 백성이 통치자를 두려워하면서 동시에 사랑하도록 만들고, 정적을 숙청하라." 군주는 사랑받기보다는 두려움의 대상이 되어야 하며 사랑받지 못하더라도 두려운 존재가 되어야 하지 않겠습니까? 인간은 자비를 베풀지 않을 거라고 기대했던 사람에게 은혜를 입으면 더 오래 기억하는 법이니까요.

한비자   절대로 옳은 말이오.

마키아벨리   제 후배인 영국의 역사가 에드워드 기번은 저의 명제를 이어받아 『로마제국 쇠망사』에서 이렇게 말했답니다. "자비로운 황제가 되려면 먼저 잔인한 황제가 되어야 한다." 만약 제가 독재자 치하의 시민이라 칩시다. 정당하게 민주화를 위한 투쟁을 하다가 주변 사람들이 모두 잡혀가거나 고문당하는 상황에서 독재자가 내게 '불구속'이라는 은전을 내린다면 아마 저는 다행이라는 생각을 넘어서서 독재자를 자비롭다고까지 여기게 될 겁니다.

한비자   스톡홀름 신드롬의 전근대적 해석이랄 수 있지요. 인간은 자신의 생사여탈권을 가진 자라면 그가 범죄자라 해도 내심 은혜를 베풀어 주길 기대하게 되니까요.

마키아벨리   20세기 한국의 군사 독재 치하에서 자유민주주의를 위해 투옥되었던 인사들이 그 이후의 인생 여정에서 오히려 군사 정권 혹은 유사 군정권에 호의적인 행태를 보였던 것도 이와

같은 맥락입니다. '이들도 나를 괴롭히지 않을까?' 하고 긴장
했는데 그냥 놔두는 거예요. 후속 정권은 그저 그들에게 무
관심했을 뿐인데….

한비자   악행을 당한 이들에게는 무심함조차 은전이지요.

마키아벨리   선생께선 '지배라는 목적을 위해 군주는 어떤 수단도 정
당화할 수 있다.'는 저의 주장을 어떻게 생각하십니까?

한비자   약간의 억지가 느껴지오. 하지만 권력의 속성에는 늘 억지와
무리가 있지 않겠소?

마키아벨리   역시 선생이시군요. 저는 군주가 스스로 몰락시킬 정도
의 악덕을 저질렀다 해도 그것 때문에 오명을 쓰지 않을 수
있는 길을 모색해 두어야 한다고 주장했습니다. 인심 좋다는
평을 들으려다 탈이 날 바에 차라리 단순히 욕만 먹는 구두
쇠라는 평을 듣는 게 지혜로운 일 아니겠습니까?

한비자   군주에 한해서 말이지. 보통 사람이 그러면 재수 없는 놈이
란 소릴 듣겠지요.

마키아벨리   선생님이나 저나 조금 불행한 삶을 보낸 것 같습니다.

한비자   우리를 알아보는 군주가 있어 멋지게 스카우트되길 바랐지
만, 현실은 냉혹했지요.

마키아벨리   말 한마디 잘못해서 목이 달아나던 시절이니까요.

한비자   나는 '윗사람에게 하는 말의 어려움'을 하나의 장으로 할애
해 소개했소.

마키아벨리   저는 "드릴 것이라고는 이 책밖에 없다."며 당대의 실력
　　　　　　자 로렌초 데 메디치에게 희대의 고전을 헌사했지요.

한비자   그대는 『로마사 논고』란 책에서 "인민에 의한 정부가 군주에
　　　　　　의한 정부보다 낫다."는 며 공화주의자의 면모를 보이기도
　　　　　　했지요?

마키아벨리   제가 좀 갈팡질팡했습니다.

한비자   갈팡질팡이야말로 을의 특징이지요. 시대가 워낙 혼란스러
　　　　　　웠으니…. 하여간 그대와 내가 『한비자』와 『군주론』에서 목
　　　　　　놓아 부르짖었던 리더십과 처세술이 정작 우리 자신에게는
　　　　　　적용되지 못한 셈이 되었소. 난 진시황의 부름을 받았으나
　　　　　　동문수학한 이사의 농간으로 죽임을 당했고, 그대는 한때 외
　　　　　　교관으로 활동했으나 이렇다 할 공직에 오르지 못한 채 말년
　　　　　　을 보냈으니….

마키아벨리   그러게 말입니다. 쓰는 대로 되면 좋으련만 인생은 바라
　　　　　　는 대로 되는 것이 아니더군요.

한비자   그러니 무엇을 더 쓰고 무엇을 더 말하겠소. 술이나 한잔합
　　　　　　시다.

마키아벨리   아주 좋습니다. 제가 최고급 이탈리아 와인으로 모시겠
　　　　　　습니다.

인간의 속성은 권력 지향적입니다. 힘이 있으면 어깨에 힘이 들어가 자기보다 못한 이를 억누르려 하며, 어떻게든 자신의 힘을 과시하려 합니다. 힘이 없으면 왜소해지고 자기보다 강한 자에게 빌붙어 아부하며 살아갑니다. 인간은 아주 작은 힘이라도 있으면 어찌 되었든 그것을 휘두르려 하는 존재입니다.

한비자와 마키아벨리는 리더십에 대해 각각 동서양을 대표하는 저서를 썼습니다. 리더십은 인간 본연에 대한 깊고 정확한 이해 없이는 발휘되지 않습니다. 한비자와 마키아벨리는 인간 본성은 악함을 내포하고 있다고 생각했습니다. '사람은 선하고 믿음직하다.'는 전제도 옳지만, 그것만으로는 부족합니다. 군주가 백성을 착한 존재로만 보고 무조건 친절히만 대해서는 나라가 올바로 유지되지 않습니다. 때로는 냉혹하고 때로는 자비롭되, 이 모든 것이 권력 유지를 위한 것이어야 합니다. 이것이 한비자와 마키아벨리가 동시에 전하려 했던 생각이었습니다.

『한비자』와 『군주론』은 민주주의를 위한 책이 아닙니다. 왕과 세속적 리더를 위한 책입니다. 목적을 위해선 수단과 방법을 가리지 말라고 부추기기도 합니다. 때문에 이 책들을 비판하는 목소리도 있습니다. 좋은 리더라면 한비자와 마키아벨리의 충고를 언제 어떻게 받아들이고 또 거절할지부터 고민해야겠지요.

로진스키의
시공초월 인터뷰 1

맹자

가끔 저는 이런 생각을 하곤 합니다. '타임머신을 타고 옛 성인과 현자를 직접 만나 보면 어떨까?'

현실에서 이루어질 수 없는 이런 꿈을 글을 통해 실현해 보려 합니다. 저의 인생 경력 중에는 3년의 일간지 기자 생활도 포함됩니다. 그 경험을 되살려 전직 기자이자 현직 1인 크리에이터인 '로진스키'라는 인터뷰어를 설정했습니다. 인터뷰이는 맹자, 사마천 그리고 헤로도토스의 『역사』를 설명해 줄 현존하는 학자 재레드 다이아몬드 박사입니다.

로진스키의 첫 번째 인터뷰 상대는 맹자입니다. 성은 맹孟이며 이름은 가軻로 추읍 출신인데 『논어』에는 공자도 젊은 시절 이곳에 살았다는 내용이 있습니다. 추읍은 노나라에 속해 있고 공자의 고향인 곡부와도 가

깝습니다. 그러므로 맹자는 공자와 동향인 셈이지요. 맹자는 공자의 사상을 사숙했습니다. 스스로 공자를 스승으로 여기고 독학으로 공자의 사상을 배웠다는 뜻이지요. 일찍이 아버지를 여의고 자녀 교육에 열중하였던 어머니 슬하에서 자란 것도 스승과 닮았습니다.

그럼, 공자 다음가는 성인이란 의미로 '아성亞聖'이라 불리는 맹 선생님을 만나 보시지요.

· · ·

등장인물

로진스키, 맹자

로진스키   안녕하십니까? 맹 선생님.

맹자   안녕하시오?

로진스키   몇 해 전, 중국 곡부를 방문해서 태산에 오른 적이 있습니다. 선생님은 태산과 관련해서 유명한 말을 남기셨죠?

맹자   그렇소. 이런 말이었지. "공자께서 동산에 올라가 노나라를 작다고 여기셨고, 태산에 올라가 천하를 작다고 여기셨다孔子登東山而小魯 登泰山而小天下."

로진스키   다음 구절은 "그러므로 바다를 본 사람의 경우 어지간한 강물은 그의 관심을 끌 수 없고, 성인의 문하에서 배운 사람의 경우 어지간한 말은 그의 관심을 끌 수가 없다."입니다.

맹자   맞아요.

로진스키   거기서 끝났으면 딱 좋았을 텐데, 다음이 문제입니다. "물을
         보는 데는 방법이 있으니, 반드시 그 물결을 보아야 한다."
         이건 무슨 뜻인가요?

맹자   물결을 보면 물의 깊이와 넓이를 알 수 있다는 뜻이오.

로진스키   그렇다 치고요. 다음에도 장황한 설명이 이어집니다. 혹시
         투 머치 토커 아니신지요?

맹자   말이 많은 건 인정하오. 내가 공 선생님처럼 촌철살인을 못
         한다네.

로진스키   그동안 맹 선생은 추앙만 받았지, 비판은 많이 받아 보지 못
         했을 겁니다. 오늘은 각오 단단히 하시죠.

맹자   말해 보시오.

로진스키   선생님께서는 「이루」 상편에서 이렇게 말씀하셨습니다.
         "다른 사람을 사랑하는데도 그가 나를 친하게 여기지 않을
         경우는 자신의 사랑하는 마음을 반성해 보라. … 다른 사람
         에게 예를 갖추어 대하는데도 그것에 상응하는 답례가 없을
         경우는 자신의 공경하는 마음을 반성해 보아야 한다<sub>孟子曰: 愛
         人不親反其人…禮人不答反其敬</sub>."

맹자   그랬지.

로진스키   이 말씀대로라면 선생은 소통을 아는 분입니다. '역지사지'도

체득하셨고요. 그런데 가끔 그렇지 못한 모습이 보입니다.

맹자　　예를 들면?

로진스키　선생이 지은 『맹자』 첫머리를 보겠습니다. 「양혜왕」 부분입니다. 여길 보면 혜왕이 선생에게 이렇게 묻습니다. "고명하신 분께서 천 리를 마다하고 오셨으니 우리 나라에 장차 이로운 일이 있겠지요?"

맹자　　그 양반이 그랬지.

로진스키　양혜왕의 접대성 발언에 선생은 뭐라고 답하셨습니까?

맹자　　내가 한마디 해 줬지. "왕께서는 어째서 이익에 대해서만 말하십니까? 진정 중요한 것으로는 인의가 있을 뿐입니다."

로진스키　거기서 끝나지 않으셨습니다.

맹자　　당연하지. 이어서 이렇게 말했다네. "만약 한 나라의 왕이 '어떻게 하면 나의 나라를 이롭게 할 수 있을까?'라고 생각하면, 그 아래에 있는 대부는 '어떻게 하면 내 집안을 이롭게 할 수 있을까?'라고 생각하고, 선비와 서민은 '어떻게 하면 내 한 몸을 이롭게 할 수 있을까?'를 생각하게 됩니다. 이처럼 위아래가 다투어 자신의 이익을 취하려 하면 나라는 위태로워집니다."

로진스키　그리고 책에 보면 열한 줄 더 말했지요. 비유를 들어 이야기했지만, 혜왕 잘했다는 말은 아니었어요.

맹자　　내가 세게 한 방 먹였지.

로진스키 한 방만 먹인 게 아닙니다. 다음에 만났을 때 혜왕이 로열 가든, 즉 왕을 위한 정원에 나가 있었죠? 기러기와 사슴을 쳐다보면서 말이죠.

맹자 그래 맞아. 나한테 묻더군. 옛날의 현인들도 이런 걸 즐겼냐고 말이지. 난 그에게 이렇게 충고했지.

"주나라를 창업한 성군 문왕이 누각을 세울 때는 백성이 내 일처럼 했고 문왕은 그들과 정원의 아름다움을 함께 즐겼습니다. 반면 폭군 걸왕에 대해서는 백성이 저주를 퍼부었으니 아무리 멋진 정원이 있고 기이한 짐승이 있다 한들 혼자서 즐길 수 있겠습니까?"

로진스키 그 다음번에는 더 심했지요. 양혜왕이 나도 잘해 보고 싶다 하자, "지금처럼 하는 건 오십보백보입니다."라며 놀렸고 그럼 가르침을 달라고 하자 "칼로 사람을 죽이는 것이나 정치를 못해 백성을 굶겨 죽이나 마찬가지입니다."라고 하셨지 않았습니까.

맹자 하지만 어진 정치를 하면 대적할 자가 없다는 멋진 말로 마무리하지 않았소?

로진스키 그 덕에 어진 사람에게는 대적할 자가 없다는 '인자무적'이란 사자성어가 하나 더 생겼지요.

맹자 난 내가 잘했다고 봐요.

로진스키 당시 선생의 연세는 양혜왕보다 28세 연하였습니다.

맹자	그랬지.
로진스키	양혜왕은 60대였고 당시로는 매우 장수한 편이었습니다. 혹시 선생이 너무 무례했던 건 아닐까요? 선생의 말을 듣는 양혜왕의 표정은 어땠나요?
맹자	똥 씹은 표정이었지. 하하.
로진스키	보십시오. 좀 더 외교적으로 대할 수는 없었습니까?
맹자	어떻게 말인가?
로진스키	양혜왕이 "멀리서 오셨으니 우리 나라에 이익이 있겠지요?" 했을 때, "물론입니다. 제가 잘 보필하겠습니다."라든가 "그나저나 아직 정정하십니다. 비결이 뭡니까?"같이 말이죠.
맹자	난 바른말을 하는 사람이네. 입에 발린 소리는 못 해.
로진스키	아무리 그래도 양혜왕의 아들 양양왕에 대한 평가는 너무 박했습니다.
맹자	내가 뭐라고 했더라?
로진스키	"멀리서 봐도 임금 같지 않고 가까이서 봐도 위엄이 없다."고 평했지요.
맹자	그가 재위한 16년 동안 내내 진나라에 땅을 바치기만 했으니까. 왕이 자기 나라 땅을 떡 떼어 주듯 하면 그게 왕이오? 안보가 최우선이야.
로진스키	보수파의 단골 레퍼토리 같군요. 선생은 제자들에게도 너무 바른말만 하셨습니다.

맹자	예를 들면?
로진스키	언젠가 악정자가 제齊나라 총신 왕환을 따라 제나라에 간 적이 있습니다. 그때 선생은 제나라에 머물고 있었지요. 악정자가 제나라에 도착한 다음 날, 선생을 찾아오자 선생은 그를 꾸짖지 않으셨습니까?
맹자	그랬지. 자식이 오자마자 날 찾아왔어야지 다음 날 왔단 말이야.
로진스키	악정자가 "어제는 숙소를 정하느라 찾아뵙지 못했습니다."라고 하니 선생은 "너는 숙소부터 정하고 어른을 찾아뵙는다고 배웠냐?"라고 구박을 했습니다.
맹자	당연한 거 아닌가? 그건 예의에 어긋나는 일이지.
로진스키	그 숙소를 선생께서 잡아 주신 건 아니지 않습니까?
맹자	그게 무슨 상관이란 말인가?
로진스키	『예기』에 보면 "자기 집에 머물라고 하지 않을 거면 숙소가 어딘지 묻지 말라."는 말이 있습니다.
맹자	아 씨. 내 앞에서 문자 쓰냐?
로진스키	죄송합니다. 하지만 악정자에게는 너무 심했습니다. 호텔 체크인하고 하루는 쉴 수도 있지 않습니까? 먼 길을 여행해 왔는데 먼지 뒤집어 쓰고 스승부터 찾아뵈어야 한단 말씀인가요?
맹자	어허 '라떼는 말이야', 스승이 계신 곳에 가면 먼저 찾아뵙고

나서 체크인을 했네.

로진스키　그래서 꼰대 소릴 듣는 겁니다.

맹자　뭐? 꼰대…?

로진스키　아, 됐고요. 결국, 선생도 똑똑한 제자에게 엄청 당하셨지요?

맹자　내가 언제?

로진스키　공손추나 만장, 진진 같은 제자에게 '부정한 왕들에게 금품을 받는 것은 시장에서 도둑질한 것을 받는 것과 같다.'는 말을 들으시고 변변히 반박도 못 하셨지요.

맹자　흠흠, 밥 먹고 합시다.

로진스키　더구나 선생은 초호화판 외유를 하신 것으로 유명합니다. 송나라를 떠날 때는 왕이 황금 70일鎰을 주었다지요?

맹자　내가 말이야, 왕이랑 밥도 먹고, 술도 먹고, 사우나도 하고, 응? 다 했어. 알아?

로진스키　황금 1일이 750g이니 70일이면 52.5kg, 1만 4000돈입니다. 2022년 1월 기준 금 시세가 한 돈에 대략 27만 원이므로 1만 4000돈이면 약 35억 원이라는 거금입니다. 너무 심하신 거 아닌가요?

맹자　모르는 소리. 그때 나를 따르는 이가 수백 명이고 함께 움직인 수레만 수십 대였네. 대략 200명이라 쳐도 하루 식대와 숙박비만 자네가 말한 2022년 1월 기준으로 1000만 원이 훌쩍 넘어가지. 게다가 왕 만나러 다니는데 경차 탈 수 있는가? 한혈마(아랍산 말) 두 마리가 끄는 수레쯤은 몰고 다녀야지. 품위 유지비가 한 달에 수억 원이 드니 그 정도 황금을 받지 않고는 버틸 재간이 없지.

로진스키 한혈마는 한나라 장건이 서역 여행을 다녀와서야 알려진 것입니다. 선생 돌아가시고 나서….

맹자 넘어가. 밥 묵자.

로진스키 그럼 다음 이야기로 넘어가 보죠. 사실 확인 차 여쭙겠습니다. 한나라 때 유향이 지은 『열녀전』에 보면 '맹모삼천'이란 고사가 나옵니다. 선생의 모친께서 처음에 무덤가에 살다 시장으로 이사를 갔고, 다시 서당 옆으로 이사 갔는데 이 모든 게 선생을 교육하기 위해서였다는 것이 사실입니까?

맹자 사실이오.

로진스키 엄밀히 따지면 이사는 두 번 갔습니다. 그러므로 '맹모이천'이 맞습니다. 굳이 삼천이라고 이름 붙인 이유는 뭘까요?

맹자 이 사람아, 그건 유향이한테 물어봐.

로진스키 좋습니다. 선생은 비유를 들어 이야기하는 데 탁월하십니다. 다만 현대에는 인용하기 어려운 부분도 있다는 사실을 아십니까?

맹자 뭔데?

로진스키 『맹자』, 「이루」 하편에 이런 이야기가 나옵니다. 제나라에 부인 둘을 데리고 사는 남자가 있었는데, 외출했다 하면 꼭 술과 고기를 실컷 먹은 뒤에 돌아왔습니다. 첫째 부인이 "누구와 그렇게 먹고 마십니까?"하고 물어보면 남편은 모두 부유하고 지위가 높은 사람들의 이름을 댔지요. 어느 날 첫째 부인이 둘째 부인에게 말했습니다. "바깥양반이 외출했다 하면 술과 고기를 실컷 드신 후 돌아오시는데, 함께 먹고 마신 사람이 모두 부귀한 분들이라 하네. 일찍이 우리 집에 유명한 사람들이 찾아온 적이 없으니, 내가 남편을 미행하여 어찌 된 일인지 알아보려 하네."

로진스키　다음 날 아침, 첫째 부인은 아침 일찍 나서는 남편을 몰래 따라갔지요. 남자는 도성 안에서 누구와도 이야기하지 않았습니다. 그는 동쪽 성문을 지나 공동묘지에 이르러 제사 지내는 자에게 가서 남은 음식을 빌어먹고, 모자라면 또 두리번거리다 다른 곳에 가 얻어먹었습니다. 이것이 그가 실컷 먹고 만족하는 방법이었습니다. 첫째 부인이 돌아와 둘째 부인에게 말했지요. "남편이란 우러러보면서 일생을 함께 살아갈 사람인데 지금 우리 남편 하는 꼴이 이 모양일세."

두 사람은 처지가 서러워 마당 한가운데 서서 울었습니다. 잠시 후 남편이 돌아왔으나 그는 아무것도 모르고 여전히 교만하게 굴었다는 이야기지요. 부인이 둘인 것, 가부장적인 남자의 모습은 현대에 전혀 적용될 수 없지요. 고전의 일화로 들기에도 매우 불편한 것입니다.

맹자   우리 때는 그런 일이 흔했으니까…. 벌써 2300년 전 일이야.

로진스키   그나저나 저 제나라 남자 이야기는 도대체 왜 했습니까?

맹자   당시 사람들이 부귀와 영달을 구하는 방법이 마치 제나라 남자가 하는 짓 같아서 비유를 든 것이네.

로진스키   아, 그러니까 돈 많고 권세 있는 이들에게는 빌어먹고 힘없는 백성에게는 교만하게 군다는 말씀입니까?

맹자   그렇지.

로진스키   그때나 지금이나 하나도 달라진 게 없군요…. 갑자기 술이 당기네요.

맹자   아까부터 배고팠어. 어서 한잔하세. 주모, 여기 동파육하고 공부가주!

◦ ◦ ◦ ◦

우리는 인문 고전을 구조적 관점에서 바라볼 필요가 있습니다. 『맹자』의 내용을 21세기에 적용하되, 『맹자』가 쓰인 연대와 사회상도 고려해야 한다는 겁니다. 그런 관점에서 보면 『맹자』는 충격적인 책입니다. 이 책에서 맹자는 왕도정치와 역성혁명을 주장했습니다. "백성이 최우선이고 사직이 그다음이며 왕은 하찮은 존재다."라며 왕이 사직을 어지럽히면 왕을 바꾸라고 말합니다.

근대에 나온 책이 아닙니다. 지금으로부터 무려 약 2300년 전에 쓰인 책에 있는 말입니다. 21세기인 현재도 독재자가 무서워 함부로 말 못 하는 사회가 엄존하는데 하물며 기원전 4세기엔 어땠을까요? 맹자는 말 한마디 한마디에 목숨을 걸었고, 그랬기에 그의 말은 천금처럼 무겁습니다. 언론의 자유가 보장된 민주주의 사회에서 대통령을 욕하는 정도와는 비교할 수 없는 무게지요.

맹자는 거침없이 자신의 의견을 피력하면서 때로는 왕을 면박하기도 했습니다. 그럼에도 왕들은 맹자에게 황금으로 거마비를 주었습니다. 제자 중에는 왕에게 지원받는 것을 못마땅하게 생각했던 이도 있지만, 맹자는 자신이 왕에게 정치적 자문을 해 주고 정당하게 받는 돈이라고 생각했습니다. 실제로 맹자를 따르는 사람이 많았기에 이들을 데리고 다니며 품위를 유지하려면 꽤 큰 비용이 들었을 거라고 짐작해 봅니다.

『맹자』라는 책을 처음부터 끝까지 찬찬히 한번 읽어 보시기 바랍니다. "백성을 위하지 않는다면 왕을 바꿔라."라는 말보다 더 기막히고 충격적인 선언도 담겨 있으니까요.

로진스키의
시공초월 인터뷰 2

사마천

사마천은 중국 전한시대 역사가입니다. 산시성 용문 출신으로 자는 자장子長이지요. 아버지인 사마담이 천문과 지리, 역사를 담당하는 관리인 태사령太史令이었으며, 사마천은 그 벼슬을 그대로 물려받았습니다. 그는 흉노를 상대로 선전한 이능 장군을 변호하다 한무제의 노여움을 사 궁형을 받았지요.

사마천이 다섯 살 무렵 무제가 열여섯의 나이로 한나라 7대 황제에 즉위하는데, 이때부터 두 사람 사이에 애증의 역사가 시작됩니다. 한무제는 한나라를 안정시키고 흉노를 토벌하는 등 나름대로 업적이 있었지만, 성격적으로는 문제가 있었습니다. 변덕이 심하고 의심이 많았지요. 단지 패장을 위해 변론했다고 무고한 신하를 궁형에 처하는 걸 보면 독재자로 군림했다는 걸 알 수 있습니다.

"하루에도 아홉 번이나 장이 뒤틀리고…腸一日而九回."

사마천이 그의 지인 임안에게 쓴 편지의 일부입니다. 궁형을 당한 뒤에 사마천은 정신적 육체적 충격 속에 살아야 했습니다. 아이러니하게도 사마천은 형벌을 당하고 나서야 역사에 남는 고전인 『사기』를 본격적으로 쓰기 시작했습니다. 이 책으로 인해 그는 동양 역사의 아버지로 추앙받게 되었고요. 이어지는 인터뷰는 한무제에게 사마천이 품을 수밖에 없었던 복합적인 심리를 중심으로 꾸며 본 대화입니다.

· · · ·

등장인물

로진스키, 사마천

로진스키 안녕하십니까?

사마천 안녕하시오?

로진스키 어떻게 지내십니까?

사마천 살 만하지요. 천국은 도서관 같다고 하지 않소? 내가 생전에 도서관장을 겸임하던 천문학자기도 했으니 하늘이 곧 내 것이라오.

로진스키 잘 지내시는 것 같아 다행이군요. 우선, 훌륭한 역사서를 써

주신 데에 감사의 말씀을 드립니다.

사마천 알아주니 고맙소.

로진스키 선생은 익주 자사 임안과 교분이 있었지요?

사마천 그렇소.

로진스키 선생이 환관이던 시기, 임안이 선생께 황제를 위해 인재를 추천해 달라는 편지를 하자 3000자에 이르는 답장을 보내셨지요. 이게 반고가 저술한 『한서』, 「사마천전」에 남아 있습니다.

사마천 당시 임안은 태자의 난에 연루되어 옥에 갇혀 있었소. 혹여 답장을 받지 못하고 형을 당하면 어쩌나 하는 맘으로 편지를 쓴 것이오.

로진스키 선생이 보내셨던 서신 '보임안서'를 읽어 보니 선생의 성격이 드러나더군요.

사마천 그래, 내 성격이 어떤 것 같소?

로진스키 매우 세심하고 예민한 분 같습니다. 겸손한 듯하나 자부심도 있고 한 번 받은 모욕을 쉽게 잊지 못하는 분이기도 하고요.

사마천 왜 그렇게 생각하오?

로진스키 "하루에도 아홉 번이나 장이 뒤틀리고…", "우울하고… 절망하여…"와 같은 표현이 자주 등장하고 치욕을 뜻하는 '욕辱'자가 열아홉 번이나 나옵니다.

사마천 누구라도 그렇지 않겠소? 벌써 2000년 전 일인데 어제처럼 생생하오. 끔찍하고 참담하지요.

로진스키   다시 언급하기도 죄송하지만 괴로우셨겠습니다.

사마천   등에서 식은땀이 나고, 종종 망연자실해지곤 했다오. 생각하면 분하기도 하고 말이지. 그 화를 잊으려고 더 일에 몰두했소. 비굴하게 목숨을 구걸했다는 세상 사람들의 편견과 비웃음…. 그건 무엇보다 견디기 힘들었지요.

로진스키   도대체 왜 한무제에게 벌을 받은 겁니까?

사마천   어이없는 일이지요. 흉노와 싸우다 투항한 이능을 변호하다 황제의 화를 산 겁니다.

로진스키   뭐라고 변호하셨는데요?

사마천   내가 49세 때의 일이오. 당시 변방에서 세를 확장하던 흉노는 한나라의 골칫거리였지요. 이를 해결하기 위해 3만의 흉노 토벌군이 결성되었소. 총사령관은 이광리였는데 첫 전투에서 기병 대부분을 잃고 대패했지요. 무제는 패배를 받아들이기 싫어하는 성격이었소.

로진스키   어느 시대에나 그런 지도자가 있지요.

사마천   아무튼, 무제는 군사를 다시 결집해서 흉노를 공격하게 했소. 이때 이능은 휘하 부대를 이끌고 흉노 진영 깊숙이 쳐들어갔지요. 이능은 진나라 때의 명장 이신의 후손이자 흉노와 70여 차례 전투를 했던 용장 이광의 손자입니다. 무제는 처음에 그를 후방 보급 부대에 배치했어요. 하나 이능은 명장의 피를 이어받은 야전에 특화된 무장이었기에 전투를 원했지요. 그는 "기병이 없다면 보병이라도 내어주십시오."하며 황제를 설득해 5000명의 보병과 함께 전방에 배속되어 출전합니다. 이들은 맨몸으로 적의 기병 3만을 맞아 사투를 벌여 흉노 수천 명을 죽였소.

로진스키 현대전에서 보병 사단이 기계화 부대에 맞선 거나 마찬가지네요.

사마천 이능 부대의 기세에 놀란 흉노는 잠시 물러났어요. 그 틈을 타서 이능이 후퇴하려 했으나 이능군 교위에게 모욕당한 것을 분하게 여긴 군후 관감이 탈영, 흉노 측 선우에게 투항했소. 그는 아군의 약점을 고자질했지요. "사실 현재 한나라 이능 진영은 그들을 도울 원군도 없으며 화살과 먹을 것이 거의 다 떨어졌습니다."

이에 흉노의 선우는 후퇴하려던 군사를 되돌려 이능의 부대를 포위했고, 결국 이 장군은 부하들과 함께 포로가 되고 말았소.

로진스키 처음에는 이능의 승전 소식이 도성에 먼저 전해졌지요?

사마천 그랬소. 그때 신하들은 무제의 비위를 맞추려 술잔을 들며 축하했소. 무제도 좋아했지요. 그러나 곧바로 이능이 대패 후 포로로 잡혔다는 소식을 접하고 무제는 안색이 변했지. 대신들은 그의 눈치를 보느라 전전긍긍하고 말이야. 무제는 답답한 나머지 내게 질문을 했소.

…

무제   태사령은 어떻게 생각하는가?

사마천   너무 걱정하실 것 없습니다, 폐하. 이능 장군은 절치부심하며 훗날을 도모하고 있을 것이옵니다.

무제   훗날을 도모한다고?

사마천   그렇습니다. 이능은 그런 사람입니다.

무제   어떤 사람인데?

…

사마천   이때 알아봤어야 했소. 무제가 이미 내 말을 들을 자세가 되어 있지 않다는 것을 말이오. 이어서 나는 이렇게 간언했소. "이능은 부모에 효도하고 선비들과 사귐에 신의가 있었으며 항상 용감하여 자신을 돌아보지 않고, 국가의 위급한 일에 몸을 바치려 하는 것이 그의 평소 쌓아 올린 바라, 국사(國土)로서의 풍도가 있었사온데 이제 한 가지 불행한 일이 있다 하여 군신들이 들고 일어나 그의 죄를 만들어 내니 진실로 통탄할 일입니다. 이능의 부대는 8일간에 걸쳐 1000리를 전전하며 사투를 벌여 화살은 떨어지고 길이 막히자 맨주먹으로 칼날을 무릅쓰고 죽기로써 싸웠으니 이처럼 사력을 다한다는 것은 비록 옛날의 명장일지라도 이능보다 낫지 않을 것입니다."이 말을 들은 무제가 낯빛이 변하며 물었소.

...

무제 　 '옛날의 명장'은 이광리를 칭하는 것인가?

사마천 　 이광리 장군이라도 이능만큼 할 수는 없었을 것입니다. 이광리는 3만의 기병으로 흉노의 별동대와 싸워 7할의 군사를 잃었습니다. 그러고도 겨우 목숨을 건져 도망쳐 오지 않았습니까. 이능은 보병으로 적의 기병과 맞서….

무제 　 듣기 싫다. 물러나라.

...

로진스키 　 무제는 왜 그렇게 반응했나요?

사마천 　 이광리의 누이동생 이부인 때문이오.

로진스키 　 이부인이요?

사마천 　 그렇소. 이부인은 무제의 총애를 받는 후궁이었지요. 무제는 아끼는 후궁의 친인척에게 국사를 맡기곤 했소.

로진스키 　 친인척에게 일감 몰아 주기 같은 거군요.

사마천 　 무제는 이광리의 공을 세워주려 했고, 흠은 가리려 했지.

로진스키 　 그런 내막이 있었군요. 한데 아무리 그래도 이능 장군을 변호한 것 정도로 궁형을 내린 건 너무 심하지 않습니까?

사마천	기분이 상한 무제는 나를 옥에 가두었소. 얼마 뒤, 공손오란 자가 전장에서 돌아와 이능이 흉노에게 병법을 가르치고 있다는 거짓 보고를 올렸소. 무제는 진위를 파악하지도 않고 성을 내며 이능 일가를 몰살시키고 내게 사형을 언도했다오.
로진스키	사마 선생은 이능 장군과 친했습니까?
사마천	딱히 그렇지도 않았소. 그와 교제한 적도 없고 술 한잔 나눈 적도 없소. 다만 그를 지키고 싶었소. 이 장군은 부하를 아꼈소. 늘 공손하고 청렴했지요. 상으로 재물을 받으면 부하들에게 나누어 주었지 자기를 위해 챙기지 않았소.
로진스키	그의 할아버지 이광 장군도 사막을 행군하다 우물을 만나면 부하에게 먼저 마시게 했고, 공으로 받은 금품은 모두 부하들에게 풀었다고 합니다.
사마천	피가 어디 가겠소? 나는 이능 장군이 항복한 이유도 부하들의 희생을 줄이기 위해서였다고 봅니다.
로진스키	그렇다고 굳이 그를 위해 나설 것까지 있나요?
사마천	모든 이가 황제의 비위를 맞추기 위해 이능을 비난하는 마당에 나마저 영합하란 말이오? 누구 한 사람은 바른말을 해야 하지 않겠소? 역사가는 옳은 것과 그른 것을 판단할 줄 알아야 하오.
로진스키	이능 장군을 원망하진 않습니까?
사마천	모든 것이 하늘의 뜻이니 누굴 원망하겠소?

로진스키　한무제는 원망하지 않나요?

사마천　지금은 원망하지 않아요. 이보시오, 상처 없는 글이 어디 있겠소? 억울한 형벌이 없었다면 『사기』도 없었을지 모르오.

로진스키　선생은 한무제에 대한 평가도 기록해야 하지 않았습니까? 그런데 저는 이 기록을 보고 선생이 붓으로 무제에게 복수했다는 느낌을 받았습니다.

사마천　어째서?

로진스키　선생이 그에 대해 서술한 부분을 보겠습니다. "원년, 즉위하자마자 귀신에게 공경스럽게 제사를 드렸다. 7년, 이소군이 사조˚, 곡도˚, 각로˚의 방술을 펼치자 주상이 그를 존중하였다. 20년, 제나라 사람 소옹이 귀신을 부르는 방술로 주상을 알현하였다. 22년, 신군이 하는 말을 주상이 사람을 시켜 받아 적게 하였는데, 그 말은 세속에서도 아는 바이고 특별히 다를 것도 없었는데 천자 혼자만 좋아하였다. 26년, (궁인으로 방술을 하는) 난대는 주상을 만난 지 몇 달 만에 귀하신 몸이 되었다. 이에 연,제 지역의 방사들은 신선을 부르는 비방이 있다며 큰소리치지 않는 자가 없었다."

● 사조: 부엌신에 드리는 제사, 곡도: 금식 수련법, 각로: 회춘의 방술

로진스키　이건… 한무제를 엿 먹이는 기록 아닙니까? 무제에 대한 이야기는 대부분 미신에 관한 것, 차력술을 쓰는 도술가들에게 상이나 관직을 내린 것, 불로장생을 시켜 주겠다는 사기꾼의

	말을 믿고 헛짓을 한 것 등입니다. 무제의 주목할 만한 업적으로는 '조선을 정벌했다' 한 줄 정도네요?
사마천	실제로 그 인간이 한 일이 그거요. 젊어서는 여자를 좋고 나이 들어서는 미신을 좋았지. 16세에 황제에 올라 70세에 죽을 때까지 무제는 내내 〈세상에 이런 일이〉에 나올 법한 기이한 현상에 몰두했소. 다행히 무제 이전 군주들이 한나라의 기반을 든든히 쌓아 놓아 경제 사정이 좋았고 국방 역시 훌륭한 장수들에 의해 안정적이었소. 그래서 돈과 권력, 시간이 넘쳐나는 황제는 늘 황당한 일을 벌였지.
로진스키	아… 그렇군요. 마지막으로 지금 선생이 계시는 그곳에 대해 좀 더 이야기해 주시지요. 혹시… 한무제도 만나셨나요?
사마천	철이? 매일 봐요.
로진스키	그래요?
사마천	실은 그 친구가 연옥에 있을 때, 심판관들의 중론은 '유철은 지옥행'이었어요. 생전에 걔가 죽인 사람만 수만 명인걸.
로진스키	그… 태자의 반란에 연루된 사람을 처형한 것 때문이었죠?
사마천	그것뿐만이 아니고 여러 사건이 있었지요. 그런데 천국에 있는 사람 중엔 연옥의 인물 한 사람을 데려올 수 있는 이들이 있어요. 유난히 고난을 많이 받은 사람이 그런 특권을 지닌 이들이지. 다만, 생전에 그가 누군가에게 저지른 죄를 똑같이 뒤집어쓰는 조건으로.

로진스키　그럼….

사마천　철이는 지금 내 환관으로 일하고 있다오.

        . . .

"주나라의 문왕은 감옥에 갇혀서『주역』을 풀었고, 공자는 아들과 제자의 상을 당하고 나서『춘추』를 썼습니다. 좌구명은 두 눈이 먼 뒤에『국어』를 지었고, 손빈은 두 다리가 잘리는 형벌을 받고서『병법』을 완성했지요."

사마천은 임안에게 보내는 편지에 이렇게 썼습니다. 모든 귀한 책은 그것을 쓴 성현이 고난을 당하고 나서야 완성되었다는 이야기입니다. 역사가였기에 역사의 예를 들며 스스로 위로한 셈입니다.

만약 사마천이 형벌을 당하지 않았다면 어땠을까요? 그래도『사기』를 썼을까요? 아마 쓸 수 있었을 겁니다. 그러나 지금의『사기』와 같은 대작은 아니었을 겁니다. 사람은 고통을 당해봐야 극한을 이해하고 극한을 겪어봐야 궁함을 알며 궁함을 오래 알아서야 하늘의 뜻을 깨닫게 됩니다.

비록 사마천이 당대의 권력자 한무제에게 끔찍한 벌을 받았지만, 사람들은 유철劉撤이라는 무제의 이름보다 사마천이라는 이름을 더 많이 알고 있습니다. "펜은 칼보다 강하다." 이 명제가 여기서도 성립됩니다. 황제는 민중의 두려움 위에 군림했기에 그가 죽고 나면 그에 대한 기억도 두려움과 함께 사라집니다. 역사가는 민중의 호기심 위에 존재했기에 그가 죽어도 역사와 함께 기록은 남게 됩니다.

위의 이야기처럼 아마도, 저승에서는 사마천이 유철보다 더 대접받고 있지 않을까요?

로진스키의
시공초월 인터뷰 3

재레드 다이아몬드

헤로도토스의 『역사』를 읽다 다음과 같은 대목을 발견했습니다.

"나사모네스족 남자가 처음으로 장가들 경우, 신부가 첫날밤에 모든 하객들과 차례차례 교합하는 것이 관행이다."

참 이해되지 않는 관습이지요. 나사모네스족은 과거 아프리카 북부에 살았던 부족입니다. 모든 문화는 상대적이기에 약 2500년 전의 나사모네스족 나름대로 어떤 이유가 있을 것이라고 짐작해 봅니다. 그러나 문화는 상대적이면서 절대적이기도 합니다. 인간에겐 보편성이란 게 있습니다. 한 집단이 그들만의 문화를 오랜 세월 지켜 왔다 해도 보편적 인간성·존엄성을 무시하는 관습이라면 인정하기가 어렵습니다. 예를 들어 '여성은 교육을 받아선 안되며 공공장소에서 노출한 여성은 형벌을 받아야 한다.'는 탈레반의 원칙을 문화적 상대성이라는 이름으로 용인할 수는 없습니다.

위에 예로 든 나사모네스족의 관습을 제가 임의로 해석한다는 건 주제넘은 일입니다. 아마도 원시적 풍습에 남성우월주의적 관습이 더해져 이런 일이 벌어지지 않았을까 짐작해 봅니다. 이건 문화나 문명과는 거리가 멀기에 좀 더 동물적 본능에 입각한 관점이 필요한 것 같습니다. 자연스럽게 재레드 다이아몬드 박사가 떠올랐습니다. 『총, 균, 쇠』와 『섹스의 진화』를 쓴 재레드 다이아몬드라면 이 원시적 풍습에 담긴 문제적 의미를 짚어 줄 것 같았거든요. 현존하는 학자이기에 직접 만나 인터뷰하고 싶었지만, 여의치 않아 제가 그를 인터뷰한다는 가정하에 다음 글을 구성해 보았습니다. 재레드 다이아몬드의 두 책에서 얻은 정보 위에 그라면 인터뷰에서 이런 식으로 답하지 않았을까 하는 상상력이 더해져 만들어진 가상 대화라는 점 다시 한번 밝힙니다. 자, 이제 그의 이야기 속으로 들어가 보시지요.

. ■ ■

등장인물

로진스키, 재레드 다이아몬드

로진스키 헤로도토스의 『역사』의 한 대목을 읽고 호기심이 생겼습니다. 도대체 왜 이런 말도 안 되는 관습이 있었던 것일까? 21세기 한국을 사는 중년 남자로서는 도무지 이해되지 않고, 책이나 유튜브를 찾아봐도 미흡하기에 세계적인 석학 재레드 다이아몬드 선생에게 도움을 요청했습니다. 어렵게 모셨는데요, 그와 이야기를 나누어 보겠습니다. 선생님, 안녕하세요?

다이아몬드   안녕하시오?

로진스키   선생님의 명저 『총, 균 쇠』, 잘 읽었습니다. 제가 유튜브에도 서평을 올렸습니다.

다이아몬드   아, 고마워요. 덕분에 인세 수입이 늘겠네.

로진스키   오늘은 도저히 궁금증을 참을 수 없어 연락드렸습니다.

다이아몬드   들어와, 들어와.

로진스키   헤로도토스의 『역사』에 나오는 나사모네스족의 결혼식 관습에 대해서입니다. 이게 말이 됩니까?

다이아몬드   요즘에 공부하다 보니 이런 생각이 들어요. 인류의 역사는 야만의 점철이고, 손톱만 한 권력이라도 있으면 그걸 약자에게 부리는 시간이었는데 성[性]의 역사만 떼어 놓고 보면, 남성이 여성에게 부과한 억압과 착취의 연속이었다는 것 말이에요.

로진스키   나사모네스족 이야기도 그렇게 해석되나요?

다이아몬드   첫날밤을 맞이하는 신부의 입장을 생각해 보세요. 폭력이고 충격이죠. 여성의 의지라든가 욕망은 완전히 제거된 채 진행되는 이벤트인 겁니다. 결혼 첫날부터 이런 시간을 겪은 뒤 남은 나날을 어떻게 보낼까요? 신부는 완전히 겁에 질린 채 수동적인 입장이 될 겁니다. 아기 코끼리를 밧줄로 기둥에 묶어 놓으면 커서 밧줄을 끊을 힘이 생겨도 밧줄을 끊을 엄두도 내지 못한 채 그대로 매여 있는 것과 마찬가지입니다. 한번 트라우마를 겪은 여성은 평생 두려움 속에서 남편을 대하게 되지요. 이 말도 안 되는 전통은 가혹한 악행에 가까워요.

로진스키　그렇군요. 선생은 성의 진화에 대해서도 연구하셨지요. 인간의 성을 다양한 동물과 비교하여 설명한 저서도 내셨습니다. 나사모네스족 전통과 비슷한 경우가 동물에도 있을까요?

다이아몬드　굳이 찾자면 바바리 원숭이를 예로 들 수 있습니다. 이 원숭이 암컷은 발정기가 되면 자신이 속한 무리의 모든 수컷과 관계를 가집니다. 침팬지 역시 발정기의 암컷이 수컷과 단둘이 지내는 시기가 있지만, 발정기가 끝나기 전에 자신이 속한 무리의 다른 수컷과 공개적으로 관계를 가지곤 합니다.

로진스키　거기에 어떤 이익이 있을까요?

다이아몬드　당연히 유전적 이익일 겁니다. 동물 수컷 대부분은 교미 후 암컷을 떠납니다. 심지어 오랑우탄 수컷의 성생활은 철저히 일회성 관계로 점철되어 있습니다. 이에 반해 모로코와 알제리에 서식하는 바바리원숭이 수컷은 새끼를 지극정성으로 돌봅니다. 어떻게 이럴 수 있냐고요? 암컷이 무리의 수 컷에게 이렇게 알리는 겁니다. "내가 너희하고 다 했어. 그러 니까 내가 낳을 새끼는 잠재적으로 너희 모두의 자식이야."

로진스키   와, 그런 건가요?

다이아몬드   더 흥미로운 이야기를 들려 드릴까요? 지구 상의 포유류 4500여 종을 비롯해 조류의 대부분은 무리의 가장 우월한 수컷이 암컷을 독식합니다. 그런데 극히 일부분에서 성역할 역전 현상이 일어납니다. 일명 '일처다부제' 현상이 나타나 고 있지요. 예를 들면 점박이도요나 지느러미발도요는 암컷 한 마리가 여러 마리의 수컷을 거느리고 있어요. 얘들은 몸 집도 암컷이 더 커요.

로진스키   새끼는 누가 돌보나요?

다이아몬드   당연히! 수컷이 돌봅니다. 암컷은 수컷 둥지에 알을 낳아 주고 다른 수컷을 찾아 떠납니다. 남겨진 수컷은 알을 품고 새끼가 부화하면 위험으로부터 보호하며 양육합니다. 다행 히 새끼는 부화하고 얼마 되지 않아 알아서 먹이 활동을 할 정도로 성숙한 상태로 태어납니다. 일단 태어나기만 하면 부 모의 도움은 크게 필요하지 않죠.

로진스키   자연계는 매우 단순한 논리가 지배하는군요. 힘세고 몸집 큰 게 장땡이라는 논리 말이죠.

다이아몬드   인간도 마찬가지죠. 힘센 게 우선 아닙니까.

로진스키 힘의 논리만으로 지배되지 않는 동물도 있겠지요?

다이아몬드 보노보는 암수를 가리지 않고 집단으로 교미를 하는 것으로 유명하지요. 이 영장류는 서로 다른 무리 간에 문제가 생길 때, 예를 들어 먹이를 놓고 대립한다든가 영역 다툼이 벌어지게 되면 기발한 방식으로 이 갈등을 해결합니다. 두 무리의 암컷과 수컷이 모여 성적인 행위를 하면서 서로를 위로하고 화를 삭이지요. 심지어 보노보는 이런 행위를 즐기는 것처럼 보입니다.

로진스키 수백만 년 전 인류도 그런 식의 파티를 벌이지 않았을까요?

다이아몬드 그럴 가능성도 있습니다.

로진스키 하지만 인류는 사랑의 방식보다는 전쟁으로 문제 해결을 해 온 것 같습니다.

다이아몬드 후자가 더 빠르고 확실한 해결 방식이라고 본 거죠.

로진스키 다이아몬드 선생님, 다른 동물은 그렇다 쳐도 인간에게는 감정이란 게 있지 않습니까?

다이아몬드 예를 들면?

로진스키 예를 들면 질투 말입니다.

다이아몬드 질투라….

로진스키 나와 결혼할 신부가 하객으로 온 모든 남자와 관계를 맺는다? 신부도 괴롭지만, 신랑 역시 어디 견딜 수 있는 일인가요? 나사모네스족 남자들은 질투하지 않았을까요?

다이아몬드 질투란 감정도 사회화 과정에서 만들어진 것입니다.

로진스키 아무리 그래도 이건 무슨 관음증 환자들 모임도 아니고….

다이아몬드 고대 사회, 혹은 원시 사회에서는 현재 우리가 채택하고 있는 '일부일처제'에 위배되는 관습을 당연하게 받아들였을 겁니다.

로진스키 왜 그랬을까요?

다이아몬드 원시 사회의 자연환경은 혹독했습니다. 생존이 가장 큰 목표였지요. 만약 여성이 아이를 낳았는데 아이 아빠가 없다면? 혹은 상처를 입어 식량을 구할 수 없게 된다면 여성과 아이는 심각한 위험에 빠집니다. 어찌 보면 생존 자체가 불가능해지는 거죠. 그렇다면 차라리 무리의 다른 남자에게라도 의존하는 게 낫지 않았을까요? 살고 죽는 문제 앞에서 질투나 시기는 낮은 차원의 감정이 되어 버립니다.

로진스키 재밌군요. 그렇다면 질투는 도대체 언제 만들어졌을까요?

다이아몬드 강아지도 새로운 반려동물이 들어와 주인의 관심을 끌면 공격적인 모습을 보이니 분명 질투는 본능일 겁니다. 하지만 현대까지 남아 있는 수렵 사회인들 사이에서 질투라는 감정이 없거나 드문 걸 보면 아마도 농경시대에 진입해 재산 사유화가 시작되면서 질투도 생겨나지 않았을까 싶습니다.

로진스키 하긴, 〈아마존의 눈물〉이란 다큐멘터리를 보면 두 남편을 가진 여성이 나오더군요. 남편 A는 늘 밖으로 나도는데 남편 B는 살림을 하더라고요. 여성이 남편 B를 끌고 사랑을 나누러 숲으로 가는 모습을 남편 A가 다정하게 바라보는데 이때 감독이 물어봐요. "괜찮냐?"고 말이죠. 남편 A는 "저 둘이 낳은 자식도 내 자식이다. 빨리 아이를 보고 싶다."라고 답하더라고요.

다이아몬드　　그럴 수 있어요. 남편 A는 남편 B조차도 커다란 의미에서 자신의 가족이라고 생각하는 거죠. 한마디로 생리적으로는 아내의 아이가 자기 자식이 아닐 수 있어서 유전적 손해를 보지만, 심리적으로 정신승리를 하는 셈입니다.

로진스키　　그렇군요. 역시 대가를 만나니 궁금했던 게 다 풀립니다. 다음 주제로 넘어가겠습니다. 나사모네스족이 지켰던 결혼식 전통을 달리 해석한다면요?

다이아몬드　　인간은 동물이 갖지 않는 세 가지 성적 특징이 있습니다. 배란 여부가 드러나지 않는 점, 여성이 가임기가 아닌데도 섹스를 할 수 있는 상태에 있다는 점, 섹스가 쾌락의 원천이라는 점이지요. 이 세 가지 특징은 대체로 번식과 양육이라는 문제에 유리한 방향으로 진화해 왔어요. 남성은 번식에, 여성은 양육에 더 집중했지요. 이 두 영역은 교집합과 각각의 차집합에서 다시 겹쳐지거나 배척하면서 인간의 성적 진화를 이루어 왔습니다. 때로는 번식에 유리하게, 때로는 양육에 유리하게, 혹은 남성과 여성 모두에게 유리한 방향으로요.

로진스키   나사모네스족 전통도 그들 나름대로 해석한 진화의 방식일 까요?

다이아몬드   그럴 수도 있습니다. 이런 가설이 가능하지요. 첫째, 나사 모네스족 남성들의 능력 편차가 크지 않아서 누가 우월한지 알 수 없는 경우입니다. 이때 여성은 가능한 한 많은 사람과 관계를 맺고 그중 우월한 남성의 유전자를 물려받을 수 있습 니다. 둘째, 남성이 제각기 탁월한 능력을 나눠 가졌을 경우 입니다. 예를 들어 A는 달리기를 잘하고, B는 사냥을 잘하며 C는 시력이 좋다 칩시다. 이때 여성의 아이는 셋 중 하나의 능력만을 물려받아도 생존하는 데 큰 도움이 됩니다. 그런 데 한 사람만을 선택해야 한다면 여성은 누굴 선택해야 할까 요? 보통 이런 경우 다른 원시 사회에서는 부족장 혹은 원로 가 짝을 지정해 주기도 했지요. 이런 복잡한 문제를 두고 나 사모네스족은 바바리원숭이와도 같은 방식을 택했을 수도 있습니다.

로진스키   흥미롭군요.

다이아몬드   헤로도토스가 『역사』에 서술한 아프리카의 또 다른 부족 아우세에스족은 집단혼을 합니다. 남녀 모두 자유롭게 관계 를 하고 여자가 아이를 낳으면 3개월 뒤에 마을의 남자들이 모두 모여서 가장 닮은 자를 아버지로 정합니다. 어떻게 보 면 자유롭게 관계를 갖는 점에서 나사모네스족보다는 덜 강

제적입니다. 아이를 닮은 자는 아버지로 공식화되어 아이의
양육에 기여했을 겁니다.

로진스키　옆집 아저씨를 닮은 아이가 태어났다는 식의 유머와 비슷하
게 들리는군요.

다이아몬드　하하, 우리 인간을 비롯해 자연계에는 그런 현상이 흔합
니다. 알락딱새를 예로 들어 볼까요? 과학자들의 연구에 따
르면 알락딱새들의 교미 가운데 29%가 혼외정사이고, 알에
서 태어나는 새끼 중 24%는 다른 수컷의 새끼입니다. 게다
가 둥지의 안주인을 유혹한 정부는 대개 옆집 남자, 즉 인접
한 나무의 수컷으로 밝혀졌어요.

로진스키　이런, 새들도 만만치 않군요.

다이아몬드　발정 난 알락딱새만큼 무서운 건 없어요.

로진스키　무슨 말씀이신지…?

다이아몬드　알락딱새 암컷의 대부분은 알을 낳으면 바로 수컷에 대해
관심을 잃거나, 자신과 알을 향한 접근을 막습니다. 심지어
일부는 알을 낳자마자 수컷을 죽여 버립니다.

로진스키　헉….

다이아몬드　심지어 수컷을 죽이고 나서 천연덕스럽게 다른 수컷과 교
미를 해요.

로진스키　아니, 왜요?

다이아몬드　그 이유는 아직 모릅니다. 단순한 쾌락을 위해서일 수도

있고 양육을 위해서일 수도 있습니다. 두 번째 수컷은 암컷이 첫 번째 수컷과의 사이에서 부화한 새끼를 제 새끼인 줄 알고 먹이를 실어다 나릅니다. 결국, 오쟁이를 지고 남의 새끼를 열심히 기르는 셈이죠.

로진스키   정리하자면 첫 번째 알락딱새 수컷은 아이 낳는 데 최적이고, 두 번째 수컷은 양육에 최적이기에 암컷의 선택을 받았다는 말씀인가요?

다이아몬드   맞습니다. 하지만 확신은 금물입니다. 가설이거든요.

로진스키   우리가 알락딱새로 태어났다면….

다이아몬드   벌써 죽었을지도.

· · ·

고대 사회뿐 아니라 현재까지도 참으로 이해할 수 없는 관습은 많습니다. 이 글 도입부에서 예로 든 탈레반은 극단적인 경우지만 여전히 여성이라는 이유만으로 고통받는 예는 허다합니다. 지금도 일부 국가에서는 말도 안되는 핑계를 대며 여성을 명예 살인하는 일이 벌어지고 있지 않습니까?

여성 억압의 역사는 인류의 역사와 함께합니다. '원시 모계 사회'는 가설입니다. 육체적 힘이 우월한 남성이 인류 탄생 이래로 내내 여성을 지배해 왔을 뿐입니다.

그럼에도 다소 불편하게 여겨질 수 있는 원시 사회의 결혼식 풍습과 여러 동물 종들의 성생활까지 살펴본 이유는 인간과 동물의 '성'이 종족 번식 및 진화를 위해 어떻게 발현되는지 생각해보기 위해서였습니다. 이에 가치 판단보다는 사실을 중심으로 대화를 구성해 보았습니다. 이 책을 읽는 독자가 여성이든 남성이든, 현 시점에서 자신의 성이 어떻게 받아들여지고 앞으로 어떤 양상으로 진화해 갈지 생각해 보는 계기가 되었으면 합니다.

참고문헌

- 김용옥, 『도올 김용옥의 금강경 강해』 통나무, 2019
- 김산해, 『최초의 신화 길가메쉬 서사시』 휴머니스트, 2005
- 신동주, 『서경』 인간사랑, 2016
- 플라톤, 『크리톤』 이기백 옮김, 이제이북스, 2014
- 탈레스 외 지음, 『소크라테스 이전 철학자들의 단편선』 김인곤 외 옮김, 아카넷, 2005
- Richard D. Mckirahan, 『Philosophy Before Socrates』, Hackett Publishing Company, 2011
- 가이우스 율리우스 카이사르, 『갈리아 전쟁기』 김한영 옮김, 사이, 2005
- 김원익, 『그림이 있는 북유럽 신화』 지식서재, 2019
- 강한영, 『한국고시조 500선』 서문당, 1974
- 조반니 보카치오, 『데카메론』 장지연 옮김, 서해문집, 2007
- 사마천, 『완역 사기세가』 신동준 옮김, 위즈덤하우스, 2015
- 장 코르미에, 『체 게바라 평전』 김미선 옮김, 실천문학사, 2005
- 기세춘, 『묵자』 바이북스, 2009
- 묵자, 『묵자』 홍신문화사, 2011
- 풍몽룡, 『동주 열국지 4』 글항아리, 2015
- 김현준 편역, 『밀린다왕문경』 효림출판사, 2021
- 오비디우스, 『원전으로 읽는 변신 이야기』 천병희 옮김, 숲, 2005
- 열자, 『열자: 난세를 이기는 지혜를 말하다』 연암서가, 2011
- 장자, 『장자』 조현숙 옮김, 책세상, 2016
- 김용옥, 『논어한글역주 1』 통나무, 2008

- 김용옥, 『논어한글역주 2』, 통나무, 2008

- 김용옥, 『논어한글역주 3』, 통나무, 2008

- 한비, 『한비자』, 김원중 옮김, 글항아리, 2010

- 니콜로 마키아벨리, 『군주론』, 신복룡 옮김, 을유문화사, 2015

- 맹자, 『맹자』, 박경환 옮김, 홍익, 2005

- 사마천, 『완역 사기본기 1』, 김영수 옮김, 알마, 2020

- 김희영, 『이야기 중국사 1』, 청아출판사, 2006

- 헤로도토스, 『역사』, 천병희 옮김, 숲, 2009

- 재레드 다이아몬드, 『섹스의 진화』, 임지원 옮김, 사이언스북스, 2005

- 『마태복음』 4장 18~20절, 표준새번역

시나리오로 고전 읽기

2022년 3월 14일 1판 1쇄 인쇄
2022년 3월 21일 1판 1쇄 발행

지은이   명로진
펴낸이   한기호
책임편집 강세윤
편집   도은숙, 정안나, 유태선, 염경원, 김미향, 김현구
마케팅   윤수연
디자인   북디자인 경놈
경영지원 국순근
펴낸곳   북바이북
        출판등록 2009년 5월 12일 제313-2009-100호
        주소 04029 서울시 마포구 동교로 12안길 14(서교동) 삼성빌딩 A동 2층
        전화 02-336-5675 팩스 02-337-5347
        이메일   kpm@kpm21.co.kr
        홈페이지 www.kpm21.co.kr

ISBN 979-11-90812-37-5 (03800)